AF237386

1

Ave Maria für eine Leiche

Günther Tabery

Bibliografische Information der Deutschen Nationalbibliothek:

Die Deutsche Nationalbibliothek verzeichnet diese Publikation in der Deutschen Nationalbibliografie; detaillierte bibliografische Daten sind im Internet über: http://dnb.dnb.de abrufbar.

Cover: Jutta Schultz, Berlin

Herstellung und Verlag:

BoD – Books on Demand, Norderstedt

ISBN: 978-3-7528-6178-5

Die Straße machte eine enge Rechtskurve. Geh vom Gas, dachte Martin, wenn am Straßenrand diese roten Pfeile zu sehen sind, dann darfst du nicht schneller als 70 km/h fahren. Sowieso durfte man in seinem Auto nicht schnell fahren. Nicht schneller als 130 km/h. Es gab zwar keine rationale Erklärung für diese Regel, aber für ihn war es klar, dass dies das Beste für den armen Motor wäre. Das Auto war ein Opel Corsa und niemand war darin je schneller gefahren. Martin war ein guter, aber sehr defensiver Autofahrer. Er beachtete penibel, fast schon zwanghaft, alle Straßenregeln und fuhr nie schneller, als erlaubt war.

Nun führte die Straße geradeaus. Martin beschleunigte ein wenig und verspürte einen Zwang, den Innenspiegel anfassen zu müssen. Er tippte mehrmals auf den Spiegel. Unerfreulicher Weise hinterließ sein rechter Zeigefinger einen unschönen schmierigen Fleck. Dann, wenige Minuten später, ruckelte er einen kleinen Moment am Lenkrad, sodass das Auto einen Schwenker nach links machte. Martin sagte sich: Nein, aufhören und konzentrierte sich weiter auf die Fahrt. Am schwierigsten gestaltete sich der Zwang, nach links über die Schulter schauen zu müssen und dabei einen leisen grunzenden Laut auszustoßen. Dabei musste er besonders aufmerksam sein und die Straße nicht aus den Augen verlieren. Komischerweise war Martin ein guter Autofahrer, trotz seiner Zwänge und Tics, denn daran hatte er sich viele Jahre gewöhnt und als "Touretti", so nannte er sich selbst, lernte man mit den Jahren, seine Tics in den Alltag einzubauen und damit gut zu leben. Touretti war für ihn eine liebevolle Umschreibung für Menschen mit Gille-de-la-Tourette-Syndrom. Daran war er als Kind erkrankt und seither durchlebte er die verschiedensten Tics, mal stärker, mal weniger ausgeprägt. Natürlich wusste man in seiner Kindheit nicht viel darüber und es war sehr schwierig in der Schule und überhaupt in seinem Umfeld als Andersartiger zu leben und zu bestehen. Viele Menschen hatten Berührungsängste oder waren beschämt, da sie nicht einordnen konnten, warum er diese Zuckungen hatte und Geräusche ausstieß. Aber die Schule ging vorüber und später hatte er wunderbare Freunde, die ihm Halt gaben und auch die Familie stand immer hinter ihm, sodass ein normales Leben möglich war. Seit einigen Jahren wusste man viel über diese neurologische Krankheit und für die ganz stark Betroffenen gab es heute unterschiedliche Therapiemöglichkeiten. Martin war Fotograf und arbeitete in einem kleinen Fotostudio in Karlsruhe. Es war schön, dass die Krankheit bei diesem Beruf keine große Rolle spielte, denn wenn er sich kreativ betätigte, war er fast ganz Tic-frei.

Jetzt saß er im Auto und war auf dem Weg nach Dobel in das Retreat-Center von Beatrice Rissmann. Die Hochzeit-Saison war dieses Jahr besonders anstrengend gewesen und er dachte sich, jetzt im September könne er sich eine kurze Auszeit gönnen und die Seele baumeln lassen. Von diesem Retreat-Center hatte er im Internet erfahren und das Angebot gefiel ihm gut. Es gab täglich Yogakurse und Kunstangebote. Außerdem konnte man mit einem Fremdenführer die Umgebung erkunden. Es war nicht so weit von Karlsruhe entfernt, von der Stadt, in der er lebte und arbeitete. Im Ausland war er schon lange nicht mehr gewesen und als Single war es ein ideale Möglichkeit, andere interessante Menschen kennen zu lernen.

Er fuhr auf der Landstraße weiter und passierte Marxzell. Noch zehn Minuten dachte er, bis Bad Herrenalb und dann den Berg hoch. Er fiepte kurz, schaute über seine linke Schulter und fuhr frohen Mutes weiter.

Die letzten Kilometer ging es bergauf in den kleinen Ort Dobel. Dieser lag auf einer Bergkuppe, idyllisch umgeben von Wäldern, Lichtungen und Hängen. Im Winter konnte man hier auch Schlitten und Ski fahren, im Sommer war es ideal zum Wandern. Die schön herausgeputzten Häuser erinnerten etwas an eine Puppenstube, verspielt und wunderlich abgetrennt vom Rest der Welt. Das NAVI leitete Martin zum Weg in den Hirschgrund, die Straße, in der das Retreat-Center sein musste. Die Straße lag am Rand des Dorfes, führte an einigen Feldern und Wiesen vorbei. Der Dorfkern lag hinter ihm. Hier draußen sah man fast keine Häuser mehr. Martin freute sich und dachte, wie wunderbar dieses Fleckchen Erde war. Ganz am Ende der Straße erschien das Retreat-Center, ein zweistöckiges Gebäude, weiß angestrichen, am Hang gelegen, mit kleinen roten Balkonen an jeder Seite und einer großen Terrasse davor. Die Zimmer im ersten Stock verfügten nach hinten hinaus über kleine Terrassen, die in den Hang eingearbeitet waren.

Als er gerade sein Auto entlud, öffnete sich die Tür und eine großgewachsene, schlanke, brünette Frau kam ihm entgegen. Ihre großen blauen Augen und das gewinnende Lächeln fielen ihm sofort auf.

„Ich möchte Sie herzlich hier bei uns willkommen heißen", eröffnete die Frau und lächelte ihn warm an. „Schön, dass Sie da sind. Ich hoffe, Sie werden sich hier bei uns wohlfühlen."

„Sie sind Frau Beatrice Rissmann?", fragte Martin.

Sie nahm ihm den Koffer ab und antwortete: „Genau. Und Sie müssen Herr Fennberg sein."

Sie musterte ihn wohlwollend, während er ein helles Fiepen ausstieß und sein Kopf ein wenig über die linke Schulter zuckte.

„Richtig. Ich bin gleich nach dem Frühstück losgefahren", entgegnete er, als sie im Begriff waren das Haus zu betreten.

„Na, dann kommen Sie mal rein. Sie können sich ihr Zimmer aussuchen. Wir haben sechs Gästezimmer. Alle Zimmer sind im ersten Stock."

Sie standen in der Halle des Hauses und sie wies nach oben. „Danach zeige ich Ihnen die anderen Räumlichkeiten."

Martin ging die Treppe hinauf und nahm gleich das erste Zimmer rechts, das einen Balkon hatte, der auf die Vorderseite des Hauses zeigte. Die Zimmer waren nicht unbedingt komfortabel, aber zweckmäßig eingerichtet. Einen Fernseher gab es zu seiner Freude nicht. Das Bett war hart gefedert, der Schrank ausreichend groß, um seine Wäsche aufzunehmen. Abgetrennt gab es ein kleines Bad, das einen sauberen Eindruck machte.

Nachdem er etwas ausgepackt hatte, ging er hinaus in den Flur. Dieser hatte die Form eines langen Ls. Das Eckzimmer konnte man von der Treppe aus nicht einsehen. Aus Neugier schaute er in alle Zimmer hinein und war danach zufrieden mit seiner Wahl, denn er hatte den schönsten Blick von seinem Balkon.

Entspannt lief er hinunter. Unten war Beatrice Rissmann gerade im Gespräch mit Rosa und Ansgar Blum, dem Ehepaar, das für das Essen zuständig war. Diese waren beide recht korpulent, hatten runde und rosige Gesichter und man hatte den Eindruck, dass ihnen das Essen gut schmeckte.

„Um 18 Uhr werden alle Gäste angereist sein. Bis dahin sollte der Tisch eingedeckt und das Essen servierfertig sein", erklärte Beatrice. „Den Wochenplan besprechen wir dann später, wenn wir wissen, welche Vorlieben und Wünsche unsere Gäste haben." Sie entdeckte Martin. „Oh, Herr Fennberg. Darf ich vorstellen? Dies sind Frau und Herr Blum, zuständig für Ihr leibliches Wohl. Wenn Sie besondere Wünsche haben, was das Essen betrifft, dann können Sie dies auf ein Blatt Papier schreiben und es den beiden abgeben."

Die beiden Blums nickten höflich und verschwanden in Richtung Küche.

„So, und nun zeige ich Ihnen unser schönes Haus." Sie führte ihn in den großen, lichtdurchfluteten Aufenthalts- und Essensraum, der hell gestrichen und mit modernen, farbenfrohen Bildern bestückt war. An der einen Wand stand eine einladende schwarze Ledercouchgarnitur mit Sessel und einem Beistelltisch. „Hier können Sie sich entspannen und mit den anderen Gästen ins Gespräch kommen oder etwas spielen. Spiele und Karten finden Sie hier." Sie zeigte auf eine Vitrine aus den Fünfzigern. „Das Essen wird dort an dem großen Tisch eingenommen." Dieser war aus massivem, dunklem Kirschholz angefertigt und bot zehn Menschen Platz. Darauf stand ein dekoratives Gesteck aus gelben Gerbera und roten Rosen. „Frühstück gibt es ab 9 Uhr, Mittagessen um 12 Uhr und Abendessen um 18 Uhr. Die Toiletten gehen vom Flur ab." Sie zeigte auf zwei große, rot eingefasste Türen. „Mein Büro liegt gleich neben dem Aufenthaltsraum. Wenn Sie mich begleiten, dann zeige ich Ihnen unser großes Anwesen." Sie hakte sich ihm ein und zog ihn heraus auf die Terrasse. „Das Grundstück verläuft von der Straße aus bis zu der kleinen Lichtung." Sie deutete auf eine wild bewachsene Wiese, die etwa 150 Meter entfernt lag. „Auf der anderen Seite schließt sich gleich der Wald an, den Sie sicher mit unserem Fremdenführer Herrn Jonathan Mittensen erkunden können. Er wird sich morgen bei Ihnen allen vorstellen. Bei gutem Wetter finden unsere Yogakurse hier auf dem Platz gleich vor der Terrasse im Freien statt. Schauen Sie sich ruhig ein wenig um. Und nun muss ich noch einiges erledigen, bis die übrigen Gäste anreisen." Damit ließ sie ihn auf der Terrasse zurück.

Er schaute in die Ferne und war glücklich. Dies ist wohl der richtige Ort um eine schöne, entspannte Woche zu verbringen, dachte er. Zur Freude hüpfte er einmal auf und ab, fiepte abschließend und ging in sein Zimmer.

2

Nachdem die restlichen Gäste angereist waren, trafen sich alle um 18 Uhr zum Abendessen im Aufenthaltsraum. Martin schaute in die Runde. Ihm gegenüber saß eine von Natur aus schöne Frau, blond, blauäugig mit einem unglaublich großem strahlenden Mund. Ihre Figur war üppig und sie war stilvoll angezogen mit einem rot-goldenen Seidenkleid, bestückt mit Pailletten und Stickereien. Sie trug auffallend schönen Schmuck und war vielleicht Anfang 30, dachte Martin. Ihm hatte sie sich als Martha Lindeau vorgestellt. Zu seiner rechten saß Ole

Roggenstern, ein junger, sportlicher Student Ende 20, mit träumerischen Augen und einem schelmischen Lachen. Zu seiner Linken zwei weitere Frauen: Eine etwas spröde mit kurzen blonden Haaren und Brille, Jeans und Kapuzenshirt, die einen leicht frustrierten Gesichtsausdruck hatte, Petra Neuzinger, daneben eine vollbusige Urmutter, mit langen braunen Haaren, roten Wangen und beigefarbenem Leinenkleid, Karen Randur. Beide waren etwa Anfang 40. Neben Ole Roggenstern ruhte zu seiner Rechten ein mittelalter Mann, Maximilian Dörflein, mit hellen, wachen Augen und kurz gelocktem Haar.

Beatrice Rissmann eröffnete als Besitzerin das erste gemeinsame Essen mit einer kleinen Ansprache: „Meine Lieben, ich freue mich Sie hier bei uns willkommen heißen zu dürfen. Vor Ihnen liegt eine Woche der Ruhe, in der Sie sich ganz zurückziehen können. Frei nach Marc Aurel, dem römischen Kaiser und Philosoph gesprochen: `gibt es nirgends eine stillere und ungestörtere Zufluchtsstätte als die Menschenseele´. Dies soll unser Leitspruch sein für unsere gemeinsame Zeit." Sie strahlte in die Runde. Organisatorisch fuhr sie fort: „Den Leiter des Yogakurses Herrn Ballhaus werden sie morgen früh gleich kennen lernen. Ich selbst werde die Kunstkurse anleiten und hoffe, dass wir einiges Kreatives zustande bringen werden. Wenn Ihnen irgendetwas missfällt, Sie

Anregungen oder Kritik haben, dann lassen Sie es uns wissen und wir werden versuchen, Ihre Vorschläge umzusetzen. Lassen Sie uns nun vor dem Essen gemeinsam anstoßen." Sie nahm ein Glas Sekt und hielt es in die Höhe. „Auf eine schöne gemeinsame Woche."

Alle stießen ihre Gläser zusammen. „Und nun wünsche ich Ihnen einen guten Appetit." Mit diesen Worten bedankte sie sich für die Aufmerksamkeit.

Maximilian Dörflein sagte gleich darauf laut in die Runde: „Lasst uns nicht so förmlich sein. Sagen wir "du" zueinander? Ich bin der Maximilian."

Die andern stimmten mit ein. Alle nahmen ihre Gläser und stießen mit jedem an auf "du" und "du". Die Stimmung war gleich etwas gelöster und verlor diesen offiziellen Touch. Es duftete exotisch nach indischem Curry, Lamm und frischem Gemüse. Dazu wurde Basmatireis gereicht. Zum Nachtisch gab es hausgemachten Pudding und Obstsalat. Das Essen schmeckte zur Zufriedenheit Rosa Blums allen.

Als die Teller leer auf dem Tisch standen und alle zufrieden waren, verteilte sich die Gruppe im Raum. Martha Lindeau und Maximilian Dörflein saßen auf der Couch, Karen Randur und Petra Neuzinger standen an der Terrassentür und Ole und Martin blieben mit einer Tasse Kaffee am Tisch sitzen.

Martin beobachtete gerne andere Menschen. Andere würden vielleicht sagen, er wäre neugierig. Er selbst empfand es als äußert interessant, die Eigenheiten anderer zu entdecken. Er ließ seine Blicke schweifen. Maximilians Stimme ertönte. „Ich bin so froh Martha, dass wir uns hier wieder sehen. Es ist ja schon lange her. Was macht die Karriere? Wirst du nächste Spielzeit auch wieder in Frankfurt singen?"

Martha Lindeau war eine lyrische Sopranistin, die ursprünglich aus Berlin stammte, in Hannover studiert hatte und seit sechs Jahren Mitglied der Oper Frankfurt war. Sie war verheiratet und lebte mit ihrem Mann zusammen in Mannheim.

„Leider nein. Mein Vertrag wurde nicht verlängert." Sie lächelte ihn an. „Ich werde nicht weiter im Ensemble singen, sondern Stückverträge eingehen. Da gibt es wunderbare Angebote aus Stuttgart, Hamburg und Berlin."

„Und welche Rollen wirst du singen? Wieder die Desdemona in Otello, von Verdi? Darin warst du wunderbar", fragte er interessiert.

Sie nickte und ihr Blick schwebte in die Ferne: „Genau, ich werde mich auf Verdi und Puccini spezialisieren."

„Sehr schön." Er machte eine Pause. Martha beobachtete ihn genau. „Und du weißt", fuhr er fort, „wenn du wieder Hilfe brauchst - ich bin jederzeit für dich da."

Martha Lindeau schwieg daraufhin und trank einen Schluck. Maximilian schenkte sich noch ein Glas Wein ein. Martin blickte weiter er, hörte zu seiner Linken:

„Hast du Familie? Mann und Kinder?"

„Nein", erwiderte die andere.

„Warum nicht?" fragte die eine verdutzt.

„Weil jetzt nicht die Zeit dazu ist. Ich habe viel zu tun auf der Arbeit. Und außerdem gehört dazu auch ein Vater. Und der ist momentan nicht in Sicht."

„Aha", erwiderte Karen Randur. „Ich habe drei ganz tolle Kinder und auch einen Hund und ich möchte sie um nichts auf der Welt wieder hergeben. Sie sind das Allerbeste, was mir in meinem Leben passieren konnte." In ihrer Stimme klang etwas Salbungsvolles. „Neulich geschah etwas ganz Tolles: Da kam Finn, mein Kleiner, zu mir, der ist erst vier und hat von ganz alleine `Mama´ auf ein Blatt Papier geschrieben. Ist das nicht toll?" Ihre Stimme bebte. „Nicht, dass ich das unterstützen würde", sie machte eine abwehrende Geste, „aber irgendwie ist das schon toll. Da habe ich

16

ihn geküsst und er durfte sich aus unserem Süßigkeiten-Schrank etwas ganz Besonderes aussuchen."

Petra Neuzinger konnte das ganz und gar nicht verstehen. Was ist schon besonderes daran, an einem frühreifen Kind, dachte sie. „Aha, das klingt ja interessant", meinte sie nur kurz.

Martin schmunzelte in sich hinein. Die beiden scheinen Gegensätze zu sein, zumindest was das Thema Familie anbelangt. Dann wurden seine Gedanken unterbrochen. Eine junge Stimme fragte ihn:

„Ich habe gehört, du bist Fotograf?"

Martin drehte sich Ole Roggenstern zu, der mit offenen und einnehmenden Augen zu ihm herüber sah.

„Ja, das stimmt. Ich bin Fotograf in einem kleinen Studio in Karlsruhe." Bei diesem Thema kontrollierte er seine Tics und saß beinahe still da.

„Das muss ein toller Beruf sein", mutmaßte Ole.

„Das stimmt", bestätigte Martin. "Man benötigt ein gutes Auge, Sinn für Proportionen und ein Maß an Kreativität. Das Schöne daran ist, dass man mit vielen unterschiedlichen Menschen zu tun hat. Das mag ich sehr gerne. Jeder hat seine eigenen Vorstellungen und man muss versuchen, diesen gerecht zu werden."

„Und hast du ein spezielles Aufgabengebiet?"

„Ich fotografiere gerne Hochzeiten. Das macht mir am meisten Spaß. Weniger gut gefällt es mir, Portraitaufnahmen bei uns im Studio zu schießen. Da kann man sich kaum mit seinen Ideen einbringen."

Ole nickte interessiert und bestätigte: „Das kann ich mir gut vorstellen. Ich möchte später auch gerne mit Menschen arbeiten."

Martin fragte: „Ah, gut, was lernst oder studierst du?"

„Ich studiere Lehramt. Lehramt für Grundschule an der Pädagogischen Hochschule in Heidelberg."

„Dann studierst du Sport?" Er sah Oles sportliche Figur.

„Ja, Sport und Mathematik. Eine sehr verbreitete Kombination." Er winkte ab.

„Aber Grundschullehrer müssen später ohnehin jedes Fach unterrichten oder?" Ole bejahte. „Ich finde es toll, dass du Lehrer werden möchtest. Das ist ein sinnvoller Beruf und männliche Lehrer an Grundschulen werden gebraucht, nicht? Ich hoffe, dass du dran bleibst und den Mut nicht verlierst."

Ole wehrte lachend ab: „Meine Mutter ist auch Lehrerin. Ich bin damit groß geworden."

Beatrice Rissmann trat in den Aufenthaltsraum und räumte zusammen mit den Blums den Tisch ab. Danach erklärte sie den Gästen den Tagesablauf in ihrem Retreat-Center:

„Wer an den Kursen teilnehmen möchte, trägt sich bitte in die dafür vorgesehenen Listen ein. Die Listen hängen in der Halle aus."

„Verzeih' bitte", wandte Martha Lindeau ein, „Ist es möglich für mich am Nachmittag ein wenig in meinem Zimmer zu singen? Ich brauche jeden Tag mein Training."

Beatrice musterte Martha genau und meinte dann: „Aber natürlich meine Liebe. Ich denke nicht, dass dein Gesang jemanden hier stören wird."

Sie schaute in die Runde und alle schüttelten die Köpfe und pflichteten Beatrice bei. Als der Tisch fertig abgeräumt war, ließ Beatrice die Gruppe wieder alleine.

„Dort liegen ja ein paar Spiele", entdeckte Maximilian Dörflein. „Wir könnten doch eine Runde spielen!"

„Für mich ist das nichts. Ich werde lieber etwas lesen", winkte Petra Neuzinger ab.

„Kennt jemand Doppelkopf?", fragte Ole Roggenstern. „Das ist mein Lieblingsspiel."

„Na klar." Martin kam heran und holte die Karten aus dem Schrank. „Wir brauchen noch zwei, die mitspielen."

Es meldeten sich noch Maximilian und Karen. Die vier setzten sich an den Tisch.

Ole, Karen Maximilian und Martin verbrachten einen vergnüglichen Abend mit Wein und Karten. Martha zog sich früh ins Bett zurück, um ihre Stimme zu schonen und Petra saß neben den Spielern auf der Couch und las ein Buch.

Als Martin am späten Abend in einem Bett lag, ließ er den Tag noch einmal Revue passieren. Er war sehr zufrieden. Es sind doch sehr unterschiedliche, aber sehr interessante Menschen hier. Die große Sängerin mit ihrem Verehrer: Martha und Maximilian. Die beiden Gegensätze: Petra und Karen. Und dann der interessierte Sportstudent mit den wachen, einnehmenden Augen.

3

Nach dem Frühstück betrat ein äußerst südländisch aussehender Mann den Aufenthaltsraum. Er hatte haselnussbraune Augen, eine markante gerade Nase und ein kantiges Kinn. Ihn umgab eine Aura von Sanftmütigkeit und Stärke zugleich. Zweifellos hatte er das gewisse Extra, das die meisten Frauen anziehend fanden. Ihn umgab ein Duft von Frische und Reinheit. Sogleich schwebte Beatrice lächelnd auf ihn zu und gab ihm zwei Küsse auf die Wangen.

„Darf ich euch unseren wunderbaren Kollegen und Freund vorstellen: Jörg Ballhaus. Er leitet unsere Yogakurse."

Alle nickten bewundernd.

„Ich wünsche euch allen einen schönen guten Morgen. Ich hoffe natürlich, dass ich alle Gäste zu meinem Yogakurs treffen werden." Er schaute intensiv in die Runde. „Beginn ist um zehn Uhr. Da das Wetter heute warm genug ist, werden wir den Kurs auf der Wiese vor dem Haus durchführen. Ihr benötigt dazu bequeme Kleidung. Yogamatten habe ich für euch."

Martha Lindeau meldete sich zu Wort: „Entschuldige bitte Jörg, ist das Yoga körperlich sehr anstrengend?"

„Ja und Nein", erwiderte er. „Ich verfolge mit dem Yoga einen ganzheitlichen Ansatz, der Körper, Geist und Seele in Einklang bringen soll. Es gibt Phasen der Tiefenentspannung, aber auch Atem- und Meditationsübungen. Durch den kontrollierten Atem soll die Konzentration verbessert werden. Außerdem arbeite ich auch mit Körperhaltungen und Bewegungsabläufen. Insgesamt strebe ich an, eure Vitalität zu verbessern und eure Gelassenheit zu fördern."

Obwohl ihre Frage damit nicht beantwortet war, säuselte Martha beeindruckt: „Dann freue ich mich sehr, Jörg, auf die kommenden Stunden bei dir."

„Nun denn, bis gleich. In fünfzehn Minuten treffen wir uns alle vor dem Haus." Mit diesen Worten verließ Jörg Ballhaus das Haus.

Alle standen auf und verließen den Aufenthaltsraum, um sich in ihren Zimmern für den Kurs vorzubereiten. Martin freute sich auf die kommenden zwei Stunden. Yoga wollte er schon immer einmal ausprobieren und sehen, wie sich dies auf seine Tics auswirkte. Er zog seine Turnhose an, ein T-Shirt und seine Sportschuhe und lief die Treppe hinunter in Richtung Terrasse. Dort stand bereits Martha Lindeau mit Jörg Ballhaus vertieft in ein Gespräch. Martin blieb stehen und beobachtete die beiden. Ab und an umspielte Jörgs Mund ein Lächeln. Ihre Stimmen waren gesenkt. Marthas Körper war weich und ihre Hüfte wippte ein paar Mal hin und her. Sie spielte dabei mit ihren Haaren. Mit einem lauteren Lachen verließ sie ihn und suchte sich einen Platz auf der Wiese.

Bald waren alle bereit auf ihren Matten und der Kurs begann. Als Aufwärmübung wurde als Erstes der Sonnengruß erarbeitet. Dieser sollte die Muskeln aufwärmen und den Körper dehnen. Jörg Ballhaus machte jeden Schritt dieser komplexen Übung vor, den alle bereitwillig nachahmten. Nachdem der Ablauf dieser Übung bekannt war, ging Jörg von Teilnehmer zu Teilnehmer und legte hier und da seine Hände auf, verbesserte die Haltungen und überprüfte, ob die Körper gelöst oder angespannt waren. Seine samtige Stimme beruhigte alle Teilnehmer zusehends.

Nach dem Sonnengruß wurden verschiedene Übungen durchgeführt. Einige davon waren der Baum, die Heuschrecke oder die indische Hocke. Unterbrochen wurden diese Übungen von Meditationsworten und Klangsilben.

Nach dem Kurs waren die meisten entspannt und ihre Körper von Wärme durchflutet. Fast alle waren sich einig, dass dies ein sehr guter Einstand in diese Entspannungswoche gewesen ist. Nur Petra war schlecht gelaunt und machte eher den Eindruck, dass ihr der Kurs nicht so recht gefallen hätte.

„Was ist denn, meine Liebe?", fragte Martha. „Hat es dir nicht gefallen?"

Petra antwortete ausweichend: „Ich muss mich erst einmal daran gewöhnen. Ich bin derlei Übungen nicht gewohnt und mir fiel es auch schwer, die Übungen zu begreifen."

„Ach, mach dir keine Gedanken. Du wirst sehen, beim zweiten Mal klappt es schon viel besser." Sie blickte Petra strahlend an. „Du musst dich darauf einlassen und dich fallen lassen."

Petra seufzte leise. Wenn das so einfach wäre, dachte sie. Sie sagte: „Ich gehe jetzt erst einmal duschen." Mit diesen Worten verließ sie die Gruppe. Auch Karen und Maximilian gingen ins Haus. Martha blieb noch mit Martin zurück.

„Mir hat der Kurs sehr gut gefallen", begann Martha. „Diese Art der Arbeit unterstützt meinen Körper. Weißt du, Singen ist auch körperliche Arbeit. Der Körper muss in Spannung sein, aber gleichzeitig elastisch bleiben. Viele Sänger machen Yoga und ich denke, dass ich damit auch anfangen werde."

„Ja, das kann ich gut nachvollziehen", meinte Martin. „Mir hat der Kurs auch gut getan."

Martha blickte ihn musternd an: „Du hast jetzt weniger Tics", sagte sie direkt. Martin war erstaunt, dass ihn Martha darauf ansprach. Sie hat eine gute Beobachtungsgabe, überlegte er.

„Das ist mir gleich aufgefallen, als wir mit den Übungen anfingen. Du warst auch sehr konzentriert und dann waren deine Tics plötzlich verschwunden." Sie lachte.

„Man muss abwarten, ob der Effekt auch anhält."

„Das ist das Tourette-Syndrom, nicht?", fragte sie unvermittelt. „Ich habe darüber gelesen."

„Ja, das stimmt."

„Ist aber nicht schlimm. Ich mag das, wenn man seine Eigenarten hat. Mich stört es nicht. Das hebt dich von den anderen ab und macht dich unverwechselbar. Stimmt es, dass Menschen mit Tourette besondere Begabungen haben können?"

„Das vermuten einige Forscher. Man soll sich besser auf bestimmte Dinge konzentrieren können. Manche sagen auch, dass sie besonders intelligent oder kreativ sind."

„Na, das ist doch toll!", sagte sie. „Man muss immer das Beste daraus machen, oder?" Mit einem gewinnenden Lächeln verließ sie ihn und ging ins Haus. Tolle Frau, dachte Martin bei sich. Sie hat so eine positive Ausstrahlung.

Martin ging ebenso in sein Zimmer, duschte sich und legte sich hin. Es kehrte Ruhe in das Retreat-Center von Beatrice Rissmann ein.

Nach dem Mittagessen, das reichlich war und sehr gut schmeckte, blieben die Frauen Karen, Petra und Martha zurück auf der Terrasse.

„Mir tut jetzt noch alles weh", fing Petra an, die in der Zwischenzeit nochmals über den Yogakurs nachgedacht hatte. „Ich komme einfach nicht auf den Boden mit meinen Händen und in was für abscheuliche Stellungen ich mich verrenken musste. Ich weiß nicht, wie das überhaupt gehen soll. Mit über 40 ist das ja nicht mehr zu erwarten, dass das so einfach funktioniert!"

„Ach Petra", beschwichtigte Karen, „das hat doch mit dem Alter nichts zu tun"

„Nur weil es bei dir geklappt hat, heißt das nicht, dass das auch normal sein muss." Es klang etwas Feindseliges in ihrer Stimme. „Ich kenne viele Frauen in meinem Alter, die damit Probleme hätten." Sie blickte Martha von der Seite an: „Und wie er mich angefasst hat. So vertraulich. Nein, mir hat es ganz und gar nicht gefallen. Ich überlege mir, ob ich morgen wieder hingehe."

„Ich fand es sehr schön", sprach Martha verträumt. „Und mir hat es nichts ausgemacht, dass er mich angefasst hat. Im Gegenteil", sie lächelte verschmitzt, „er hat so starke Hände."

„Aber Martha, was sagst du da?", Petra war entsetzt. „Du bist doch verheiratet, hast du mir erzählt. Wie kannst du dann so von einem anderen Mann sprechen?"

Martha schaute Petra verdutzt an: „Aber es ist doch nichts geschehen? Ich habe nur ein bisschen geschwärmt. Das hat mit meiner Ehe nichts zu tun. Ein kleiner Flirt hält fit und gesund. Daran habe ich mich immer gehalten." Mit diesen Worten drehte sie sich um und ging summend in den Aufenthaltsraum in Richtung Treppe. Die anderen beiden schauten ihr nach.

„Hast du das gehört?", flüsterte Karen atemlos. Sie konnte sich nicht zurückhalten und es sprudelten die Worte nur so aus ihr heraus. „Das hat mit ihrer Ehe nichts zu tun? Wie sie sich an ihn rangemacht hat. Das kann ich nicht verstehen. Die Ehe ist ein heiliges Sakrament. Es gibt nichts Schöneres und Besseres als das. Und dann so eine Einstellung. Ich denke, Martha und ich haben nichts gemein. Ich wusste, dass ich mit so einem Schlag Mensch nichts anfangen kann." Sie war vollkommen aufgeregt und konnte sich kaum beruhigen.

„Ja, ja, eine Sängerin ist das", pflichtete Petra ihr bei. „Und wie sie sich kleidet und wie sie sich mit Schmuck behängt. Sogar beim Sport! Hast du auch den Schmuck gesehen? Da passt alles zusammen. Sie schaut aus wie ein bunter Pavian."

Martin saß auf seinem Balkon und hörte gespannt der Unterhaltung auf der Terrasse zu. Etwas verwundert war er über die plötzliche feindselige Stimmung gegenüber Martha Lindeau. Nur weil sie ein wenig geflirtet hatte, was ihm natürlich auch aufgefallen war, war doch die Reaktion der beiden Frauen etwas zu übertrieben. Klang da ein bisschen Neid heraus? Neid, aufgrund der fabelhaften Erscheinung Marthas, die auf ihr Äußeres großen Wert legte, sich schön kleidete und anscheinend auffallenden schönen Schmuck trug? Neid, weil sie einfach das tat, wonach ihr war? Gedankenvoll schaute er in die Ferne.

Er wurde von einem dumpfen Klopfen aus seinen Gedanken gerissen. Ole Roggenstern stand vor der Tür und nachdem geöffnet wurde, fragte er liebenswürdig: „Martin, wie wäre es denn mit einer Partie Doppelkopf? Ich habe die anderen beiden auch schon gefragt und wir haben noch eine Stunde, bis der Nachmittagskurs beginnt." Martin konnte diese Einladung nicht ablehnen, da er es liebte zu spielen.

Und kurze Zeit später saßen sie auf der Terrasse und waren in ihr Spiel vertieft.

„Re", gab Karen an.

„Na, da wird sich ja einer freuen, was? Du scheinst gute Karten zu haben", mutmaßte Maximilian.

„Ja, wer weiß", triumphierte Karen, „einer von euch wird sich möglicherweise freuen."

Die drei übrigen sahen sich an und schwiegen. Ole löste die Stille auf: „Ich finde es super bei Doppelkopf, dass man am Anfang nie weiß, wer zusammen spielt. Das ist spannend und immer wieder neu."

„Keine 90", wies Martin an und schaute freudestrahlend zu Karen hinüber.

„Na toll", schnaubte Maximilian, „Dann habt ihr beiden also die Kreuzdamen und spielt zusammen. Und wir beide werden gnadenlos untergehen!" Flehend schaute er zu Ole hinüber und hoffte, dass er seine Vermutung nicht bestätigen würde. Doch der schüttelte nur den Kopf und meinte: „Nächste Runde ist unser Spiel Max, dann schlagen wir zurück!"

In diesem Moment erklang eine wohlklingende, silbrige Stimme. Martha Lindeau war in ihrem Zimmer und begann mit ihren Stimmübungen. Ihre Stimme schien nach oben hin keinen Grenzen zu unterliegen. Ihre Spitzentöne erstrahlten virtuos.

„Aha, das habe ich schon vermutet. Martha singt sich ein", bemerkte Maximilian gereizt. Er schaute in die Runde und hoffte auf Zustimmung. Jedoch schienen die anderen drei angetan zu sein und lauschten einen Moment innig der Musik.

„Ich habe sie noch nie singen hören. Es klingt schön", erkannte Karen an. Dann schüttelte sie nachdenklich den Kopf. „Unfassbar, wie wenig die Schönheit der Stimme mit der Schönheit der Seele zu tun hat."

„Na, na, ich bitte dich", Ole war entrüstet. „Sie ist doch ein wunderbarer Mensch und ihre Seele spiegelt sich tatsächlich in ihrer Stimme."

Martin, der die beiden beobachtete, sah ein kurzes Flackern in den Augen Karens. Wie wenig doch ihr Weltbild der `heiligen Familie´ mit dem Weltbild Marthas zusammen passte und wie wenig tolerant Karen erschien. Laut sagte er: „Lasst uns weiterspielen."

Die nächsten Spiele liefen ereignislos. Maximilian wurde immer griesgrämiger, weil es keine Möglichkeit für ihn gab zurückzuschlagen. Es schien so, als ob er an diesem Tag kein Glück hätte.

Dann, nach dem `Ave Maria´ aus Verdis Otello, verstummte die Stimme.

„Schade, sie hat aufgehört zu üben", bedauerte Martin.

„Mir soll es recht sein. Ich konnte mich überhaupt nicht auf mein Spiel konzentrieren. Gleich beginnt der Kunstkurs. Lasst uns noch einmal austeilen und dann morgen weiterspielen. Was meint Ihr?", fragte Maximilian.

„Na klar, gerne." Ole war begeistert. „Spielen wir morgen weiter. Zur gleichen Zeit…"

„…am selben Ort", beendete Martin den Satz.

Nach dem Abendessen waren alle Gäste zusammen im Aufenthaltsraum. Ole und Martin unterhielten sich auf der Couch, Maximilian und Martha standen am offenen Balkon und Petra und Karen saßen steif auf ihren Essensplätzen.

„Bist du verheiratet?", fragte Ole neugierig.

„Nein, ich bin leider Single. Was nicht heißt, dass dies nicht einmal der Fall sein könnte. Ich stelle mir schon vor, einmal in ferner Zukunft Familienvater zu werden. Nur habe ich die passende Frau bis jetzt noch nicht gefunden." Martin schaute verträumt in die Ferne. „Als Mann hat man ja noch ein bisschen Zeit. Da tickt keine biologische Uhr. Ich habe die Hoffnung noch nicht aufgegeben. Und du? Hast du eine Freundin?"

Ole nickte. „Ja, ich habe eine Freundin. Chrissi heißt sie. Ich habe sie beim Standardtanzen kennen gelernt."

„Das ist aber ganz untypisch für so einen jungen Mann. Ist das nicht etwas antiquiert?", staunte Martin.

„Nein, in Heidelberg gibt es viele Möglichkeiten tanzen zu gehen. Sogar an der PH haben wir einen Tanzkurs für Studenten. Nun ja. Ich war dort, das erste Mal und sah die vielen Paare tanzen. Und das war ein toller Anblick. Ich persönlich habe mal in der Schule einen Anfängerkurs mitgemacht, aber mehr als den Grundschritt konnte ich nicht mehr tanzen. Und dann kam sie plötzlich auf mich zu und fragte, ob ich auch tanzen wollen würde oder nur so herumstehe. Na, du kannst dir meine Aufregung ja vorstellen."

Martin nickte voller Anteilnahme. Schön, dachte er sich, wie begeisterungsfähig dieser Ole doch war.

„Also ging es los auf die Tanzfläche. Und du kannst dir denken, wie furchtbar dumm ich mich angestellt habe. Aber sie hat sich nicht darüber beschwert, dass ich ihr ständig auf den Füßen herumgetrampelt bin. Im Gegenteil. Sie machte mir Komplimente. Stell dir vor."

Er lachte und rieb sich die Hände. „Naja, so war das mit uns beiden. Seitdem haben wir uns jeden Tag gesehen und seitdem sind Chrissi und ich ein Paar. Sie ist die Liebe meines Lebens. Ich würde alles für sie tun. So ein intensives Gefühl habe ich noch nie gehabt. Bei niemanden."

Martin betrachtete Ole und dachte bei sich, wie überschäumend schön doch die Liebe sein musste. Da saß er, dieser Ole und schwärmte von seiner Freundin und nichts anderes hatte mehr Bestand in der Welt.

„Warum ist sie nicht mit hierher mitgekommen?", fragte Martin laut.

„Sie hat keinen Urlaub bekommen. Es war ihre Idee, dass ich hierher kommen könnte. Sie sagte, ich solle mir eine Auszeit gönnen. Wir wollen auch versuchen, diese Woche nicht zu telefonieren und keine Sms zu schreiben. Einfach einmal eine Woche Auszeit."

Na, wahrscheinlich war es dieser Chrissi auch zu viel, dachte Martin. Zu viel der Liebesbekundungen, der Liebesschwüre. Kann ich sehr gut verstehen. Er lachte in sich hinein.

„Martha, du hast heute wieder wunderschön gesungen", Maximilian kam ganz dicht an sie heran.

„Danke dir, mein Lieber", ein professionelles Lächeln glitt über ihren Mund. „Ich habe die Probe aufgenommen und mir hinterher angehört. Es waren einige schöne Phrasen dabei. Morgen werde ich wieder singen und schauen, ob ich die Fehler von heute besser in den Griff bekomme."

„Du singst so wunderbar und trotzdem arbeitest du immer noch so hart an dir. So wie zu Beginn deiner Karriere." Voller Bewunderung schaute er Martha an. Wie ein kleines Kind, das zum ersten Mal im Zirkus einen Clown sah.

„Ohne Arbeit kein Lohn."

Das liebevolle Bild des Zirkusclowns zerplatzte. Maximilian bekam einen anderen Gesichtsausdruck.

„Du hast doch bereits so viel gesungen in den letzten Jahren und du hattest wirklich auch sehr viele gute Engagements mit einer sehr guten Bezahlung", forschte er.

„Ja, das ist richtig."

„Wie wäre es denn dann, wenn du mir die Arbeit, die ich für dich vor einigen Jahren gemacht habe, jetzt entlohnst?"

Martha starrte ihn einen Moment lang an. Maximilian schaute ihr fest in die Augen und fuhr fort: „Du weißt.

Ich habe dir als Mediendesigner und Fotograf deinen kompletten Internetauftritt, deine Bilder, die Hörbeispiele, deine Garderobe, alles, was du damals brauchtest, um Fuß fassen zu können, bearbeitet, erstellt und bezahlt. Ohne mich wärst du nicht an die vielen nationalen Engagements gekommen. Ich habe dich unterstützt - jahrelang, aus voller Bewunderung zu dir. Du sagtest, dass du mir eines Tages all das zurückgeben wirst, was ich dir gegeben habe. Und nun, was ist passiert? Du hast geheiratet. Vor zwei Jahren. Und du hast kurz darauf den Kontakt zu mir abgebrochen. Und nichts habe ich bekommen. Nichts bis jetzt."

Maximilian verstummte. Petra und Karen kamen zur Balkontür.

„Maximilian, möchtest du auch noch einen Spaziergang machen?", fragte Karen. „Es ist so eine schöne warme Luft am Abend und wir wollen die Idylle genießen."

Maximilian schaute Martha eindringlich an und antwortete: „Nein danke, ich denke, ich gehe auf mein Zimmer."

Martha jedoch nahm ungefragt dankend an und ging mit den beiden Frauen in Richtung der wild wachsenden Blumenwiese. Sie war heilfroh, dieser Situation entronnen zu sein.

4

Am nächsten Tag versammelten sich alle vor dem Mittagessen im Aufenthaltsraum. Beatrice Rissmann kam mit einem Mann herein, der ein stattliches und gesundes Aussehen hatte. Er hatte stahlblaue, ehrliche Augen. Sein männliches Kinn wurde von einem beachtlichen Vollbart geziert. Er trug ein grünkariertes Hemd, braune Kniebundhosen, grüne Kniestrümpfe und hatte klobige Wanderstiefel an.

Beatrice eröffnete: „Darf ich ihnen unseren Fremdenführer vorstellen. Das hier ist Herr Jonathan Mittensen. Nach dem Mittagessen wird er ihnen gegen 13.30 Uhr die nähere Umgebung zeigen."

„Grüß Gott", stellte er sich vor. „Die heutige Führung ist als Willkommenstour zu verstehen." Er sah in die interessierten Gesichter der Gäste. "Wir werden nur einen kleinen Rundweg laufen, der in unmittelbarer Umgebung um das Anwesen hier führt. Für die kommenden Tage habe ich mir etwas Besonderes ausgedacht. Wir werden eine Nachtwanderung durchführen und den Abstieg nach Bad Herrenalb in

Angriff nehmen. Ziehen Sie bitte für die Wanderungen gutes Schuhwerk an. Und wenn Sie eins zur Hand haben: Sprühen Sie sich mit Zeckenschutzspray ein. Man kann nie wissen."

„Wunderbar, darauf habe ich mich schon die ganze Zeit gefreut. Ich wandere für mein Leben gern", bemerkte Petra begeistert.

„Das höre ich gerne", er lächelte Petra wohlwollend zu. „Dann sehen wir uns pünktlich um halb zwei vor dem Haus."

„Werden Sie heute mit uns essen?", fragte Beatrice.

„Gerne, wenn Sie das wünschen." Beatrice führte Jonathan Mittensen an einen Platz am Tisch. Die Versammlung war damit aufgehoben und alle nahmen ihre Plätze ein, um ein weiteres köstliches Menu der Blums zu verzehren.

Pünktlich um 13.30 Uhr versammelten sich die Gäste vor dem Haus. Fast alle hatten wetterfeste Kleidung und passendes Schuhwerk an. Martha hingegen sah aus, als wollte sie in einer Stadt einen Einkaufsbummel tätigen. Ihr wallendes Haar trug sie offen. Das kurze rubinrote Kleid bedeckte fast ihre Knie und die Sommerpumps mit leichten Absätzen waren geradezu unpraktisch für das Laufen auf steinigen Waldwegen. Den von ihr gewählten Schmuck würden andere zum

Besuch einer Theaterveranstaltung tragen, nicht aber im Urlaub, geschweige denn bei einer Führung mitten durch den Wald. Ihr Aussehen war bald ein beliebtes Gesprächsthema.

„Schau dir dieses Outfit an, Karen", giftete Petra und schaute verstohlen zu Martha hinüber. „Ich kann nicht glauben, was sie da schon wieder anhat. Will sie auch noch den armen Herrn Mittensen bezirzen?"

„Sie muss wissen, was sie tut. Das ist nicht unsere Angelegenheit, denke ich", beschwichtigte Karen.

„Und schau dir diesen Schmuck an. Ich habe nicht ein einziges Stück, was annähernd einen vergleichbaren Wert besitzt. Wie kann man so etwas in einem Retreat-Center anziehen?" Sie schüttelte energisch den Kopf, „Das ist hier nicht die große Bühne. Das ist ein Zentrum, in dem man zur Ruhe kommen und seine Mitte wieder finden soll."

„Lass gut sein, Petra." Eine Pause entstand. Der Trupp setzte sich in Bewegung. Jonathan Mittensen erzählte etwas über die Geschichte von Dobel und seine Lage als Luftkurort. Karen und Petra hörten nicht zu und sonderten sich nach hinten ab.

„Wie kommt es, dass du so unzufrieden bist, Petra. Es kommt mir so vor, als ob du sehr unausgeglichen bist."

„Findest du?" Ihre plötzliche Unsicherheit war nicht zu übersehen.

„Ja, ich sehe es dir an."

Petra verstummte einen Moment. „Ach, ich weiß auch nicht", sie schüttelte traurig den Kopf. Sollte sie Karen erzählen, was in ihr vorging? Sie atmete einmal kurz durch und hob die Schultern. „Es ist alles so - der Job, der Job verlangt mir sehr viel ab und ich komme einfach nicht mehr herunter." Sie blickte Karen traurig an. Karen hatte vollstes Verständnis für ihre Sorgen und Nöte. Sie schaute Petra mit großen Augen an und gab ihr zu verstehen, dass sie sich ihr anvertrauen konnte. Diese sprach langsam weiter: „Ich habe das Gefühl, ich arbeite und arbeite und finde keine Zeit mehr für mich selbst. Nach den acht täglichen Stunden Arbeit fahre ich erschöpft nach Hause und bin nicht mehr in der Lage etwas anderes zu tun, als zu essen und Fernsehen zu schauen. Mein Privatleben spielt sich nur an den Wochenenden ab und das ist reichlich wenig. Zu mehr habe ich einfach keine Kraft."

Karen strich ihr mit der Hand über den Arm. „Ich verstehe."

„Und im Büro ist es so anstrengend. Ich kann nicht eine halbe Stunde meine Arbeit in Ruhe tun, ohne dass jemand in mein Büro hineinläuft und irgendetwas von mir will. Weißt du, wie schwierig es ist, sich immer wieder von Neuen sammeln zu müssen, um dann wieder nach ein paar Minuten gestört zu werden?"

„Das kann ich gut nachvollziehen. Das tut mir leid. Möchtest du die Situation verändern?"

„Ich wünschte, ich könnte sie verändern. Aber ich weiß nicht wie." Hilflos schaute sie Karen an. „Naja, und dann ist da noch…"

„Ja?"

„Ich weiß nicht, ob ich dir das erzählen kann."

„Ich versichere dir, ich werde niemanden davon erzählen."

Petra machte eine Pause. Mit leiser Stimme fuhr sie fort: „Mein Privatleben. Ich habe keine Freunde. Da passiert einfach nichts. Ich habe lange probiert etwas zu unternehmen, Menschen, Männer, kennen zu lernen, aber es hat einfach nicht geklappt. Ich bin ratlos. Ich weiß einfach nicht, was ich tun soll." Sie blickte zu Martha hinüber, die sich lachend mit Jonathan Mittensen unterhielt. „Und dann kommt so eine wie die Martha Lindeau und man bekommt vorgeführt, dass man nie so sein wird, nie so einen Erfolg haben wird wie sie."

„Du darfst dich nicht mit ihr vergleichen. Ihr beide seid vollkommen unterschiedliche Persönlichkeiten. Aber deswegen bist du ja hier, um zur Ruhe zu kommen. Um in dich zu hören und um festzustellen, was du in deinem Leben verändern möchtest und auch verändern kannst. Die Lindeaus der Welt darfst du dir nicht als Vorbild nehmen. So wirst du nie werden."

Karen beobachtete lange Martha Lindeau. Wie sie neben Jonathan einherging, flirtete und versuchte, dem Tempo der Gruppe Stand zu halten.

„Ich mag sie auch nicht leiden", fuhr sie fort. „Nicht weil sie so aussieht oder so etwas macht aus sich. Das mag jeder entscheiden, wie er will."

Karen machte eine lange Pause. Sie betrachtete Petra. Petra war eine verletzbare Frau. Ganz anders als sie sich nach außen hin gab. Nach außen hin schien sie hart und schroff zu sein, aber innerlich war sie zerbrechlich und voller Komplexe. Karen hatte auch den Wunsch, Petra von sich zu erzählen, von ihrem Thema. Jedoch wusste sie nicht genau, ob sie sich Petra anvertrauen mochte. Wie seltsam, dachte sie sich. Man trifft einen vollkommen fremden Menschen und man hat das Bedürfnis, dieser Person die intimsten Dinge zu erzählen. Vielleicht ist das so. Vielleicht ist dies sogar leichter, wenn man sein Gegenüber nicht gut kennt. Denn nach dieser Woche würde man sich wahrscheinlich nicht mehr wiedersehen. Und mit dem Abschied wäre alles Gesagte ebenso dahin.

„Weißt du Petra, ich hatte einmal einen Bruder. Er war jünger als ich und ging nach Berlin, um sein Leben zu leben. Um das Leben zu feiern. Er studierte Kunst und war ein vielversprechender junger Künstler. Leider geriet er an die falschen Leute und begann in die Szene zu gehen und Partys zu feiern. Das ist an und für sich nicht schlecht. Jedoch wurden ihm bei einer dieser Partys Drogen verabreicht. Und er verfiel diesen."

Karen sah zu Boden. Ihre Stimme wurde matt. „Das ging eine Weile lang gut. Kein Problem sagte er, als alle Freunde und die Familie begannen zu verstehen, was da vor sich ging. Aber leider war es zu spät. Er verlor seinen Studienplatz, begann kriminelle Dinge zu tun, um sich Geld zu verschaffen für seine Drogen. Ich denke, wir haben nur einen Bruchteil von dem erfahren, was sich wirklich in Berlin abspielte. Niemand konnte ihm da helfen. Vor fünf Jahren haben wir ihn begraben."

Petra wagte nichts zu antworten, aus Angst, etwas Falsches zu sagen.

„Ich habe Schutz und Trost gefunden in meiner Familie. Sie gibt mir Halt und Sicherheit. Sie ist wie der Fels in der Brandung. Die Familie ist der Wert im

Leben, der Bestand hat. Es gibt nichts Wichtigeres. Und seitdem ist es mir ein Gräuel, Menschen zu sehen, die nichts anderes im Kopf haben, als das Vergnügen. Menschen, die unzüchtig sind und freizügig leben. Menschen, die diesen Wert der Familie nicht kennen. Hätte mein Bruder so gedacht, wäre er noch am Leben."

Es entstand eine lange Pause. Petra wusste dem nichts mehr hinzu zu fügen.

Martin und Maximilian liefen nebeneinander und bewunderten die schöne Natur. Jonathan Mittensen war ein interessanter Fremdenführer. Er erzählte witzige Geschichten und Legenden, die sich früher in und um Dobel ereignet hatten und hatte dabei eine unwiderstehlich sympathische Ausstrahlung. Mittensen referierte auch über die heimischen Tiere und vor allem über die seltenen Exemplare, die sich im Schwarzwald angesiedelt hatten, wie z. B. der Kolkrabe, der Sperlingskauz oder der Auerhahn. Sein Vortrag endete mit den für den Schwarzwald typischen Landschaften, den Mooren, Karseen oder Grinden, die besonders wertvolle Lebensräume für die seltenen Tiere und Pflanzenarten waren. Die Gruppe bedankte sich herzlich und lief ehrfürchtig weiter.

Martin wendete sich Maximilian zu und fragte: „Du kennst Martha Lindeau schon von früher?"

„Ja, ich bin ein großer Bewunderer ihrer Kunst." Sein Lächeln war einnehmend. Bereitwillig begann er zu erzählen:

„Nachdem sie ihr Studium beendete, traf ich sie nach einem Konzert in Hannover. Wir waren uns auf den ersten Blick sympathisch. Die Chemie zwischen uns stimmte. Sie lud mich ein, mit ihr Essen zu gehen und schließlich befreundeten wir uns. Es war eine schöne Zeit. Ich ging oft ins Theater und in ihre Konzerte."

„Das hört sich gut an", pflichtete Martin bei.

„Das war es auch. Naja, dann ging es nicht so gut weiter mit ihrer Kariere. Es stagnierte und da ich ein junges erfolgreiches Unternehmen in der Medienbranche leitete, wollte ich ihr helfen. Ich verfügte über das nötige Kleingeld und stattete Martha mit allem aus, was eine junge Künstlerin braucht. Siehe da, Kleider machen Leute, so heißt es doch. Mit dem nötigen Equipment, den Fotos, Karten, CDs, einem gelungenen Internetauftritt und natürlich der richtigen Garderobe, startete ihre nationale und hoffentlich auch bald ihre internationale Karriere. Ich bin sehr stolz darauf, ihr geholfen zu haben. Und du wirst mir Recht geben. Wenn sie singt, dann scheint sie dem Himmel ein Stückchen näher."

Naja, das klingt wohl etwas sehr pathetisch, dachte sich Martin bei sich. Und vielleicht auch etwas geblendet. Auf der anderen Seite bewunderte er Maximilian für seine aufrichtige Zuneigung für Martha. Wie selbstlos das ist, jemanden aus reiner Bewunderung in allen Lebenslagen zu unterstützen.

„Warum habt ihr beide nicht geheiratet?", fragte Martin.

„Nein, nein, das war und ist nur eine rein platonische Freundschaft. Und vor zwei Jahren hat sie geheiratet, einen Galeristen, Christoph Wellenbach. Beide haben ihre Namen behalten."

„Und hat sich eure Freundschaft seit dem verändert? Ich meine, eine Heirat ist ein einschneidendes Erlebnis?", mutmaßte Martin.

„Stimmt", Maximilian lachte bitter, „seitdem haben wir nur noch selten Kontakt. Eher überhaupt keinen mehr." Er schaute Martin fest in die Augen. „So ist das manchmal. Nichts hat Bestand für die Ewigkeit. Dinge und Menschen verändern sich."

Da konnte Martin nur beipflichten.

„Und du? Du scheinst auch nicht so glücklich zu sein? Irgendetwas stimmt doch bei dir nicht oder?"

Martin erschrak. Eine so offene und direkte Ansprache hatte er nicht erwartet. „Was meinst du denn damit?"

„Naja, wie soll ich das sagen. Wenn man dich beobachtet, dann merkt man schon, dass dich irgendetwas bedrücken muss. Du zuckst manchmal und dann stöhnst du oder machst andere Geräusche."

Martin lachte erleichtert. „Ach das? Nein, mir geht es wunderbar. Ich habe keine psychischen Probleme. Ich habe das Gille-de-la-Tourette-Syndrom. Das ist eine neurologische Erkrankung."

„Ach, wirklich? Das ist es also." Maximilian war interessiert. „Davon habe ich schon einmal im Fernsehen gesehen."

„Richtig. Im Fernsehen werden aber nur die ganz schlimmen Fälle gezeigt. Menschen, die fast nicht mehr ohne die Hilfe anderer lebensfähig sind. Menschen, die kein Glas mehr in der Hand halten können vor lauter Zuckungen oder die Fäkalsprache ausstoßen müssen und dergleichen mehr." Seine Zuckungen wurden immer mehr, wenn er von seinem Tourette sprach. Jetzt machte er einen kleinen Hopser während dem Laufen. „Nein, bei mir ist es nicht so stark ausgeprägt. Ich muss keine Schimpfwörter ausstoßen und ich kann meine Tics ganz gut unter Kontrolle halten. Ich gehe ja auch einem geregelten Beruf nach."

„Nicht das mich das stören würde", Maximilian machte eine beschwichtigende Handbewegung. „Im Gegenteil, es macht dich sympathisch und interessant, wie ich finde."

Dann ist ja gut, dachte Martin. Er kannte auch die anderen Reaktionen. Reaktionen der Ablehnung. Und er spürte oft die Blicke der anderen, unmerklich, wie sie ihn musterten, was nicht immer angenehm war.

Sie erreichten wieder das Retreat-Center. Der Trupp bedankte sich bei Jonathan Mittensen für die tolle erste Runde.

Beatrice Rissmann kam ihnen entgegen und sagte: „Ich hoffe, euch hat der erste kleine Ausflug Spaß gemacht. Ihr habt jetzt Pause bis 15.30 Uhr, dann beginnt wie gestern der Kunstkurs. Bis später." Mit diesen Worten machte sie kehrt und verschwand wieder im Haus.

Die Gruppe stand in einem Kreis auf der Terrasse.

„Ich werde die Pause nutzen und nochmal diese wunderschöne Lichtung aufsuchen, bei der wir vorhin waren. Möchte jemand von euch mitkommen?" Petra schaute in die Runde.

„Ich würde schon gerne mitkommen", bejahte Karen, „aber ich möchte ins Dorf gehen und Postkarten kaufen. Ich will meinen Kindern schreiben und erzählen, wie schön es hier ist."

Petra schaute von einem zum andern.

„Ich bin zu müde, nach dem langen Marsch", ließ Maximilian verlauten. „Ich werde in mein Zimmer gehen und mich eine Runde aufs Ohr legen."

„Das mache ich auch", sagte Ole, „und vielleicht noch ein bisschen lesen."

Als die Reihe an Martha war, senkte Petra den Blick. Sie wollte auf keinen Fall, dass Martha sie begleitete.

„Ich brauche jetzt erst mal Ruhe, bevor ich später wieder singen werde, muss ich mich ausruhen." Mit diesen Worten schwebte sie ins Gebäude.

„Nun dann", meinte Petra. „Ich bin dann weg. Bis später." Die Runde wurde aufgelöst. Martin blieb alleine zurück auf der Terrasse, bestellte einen Kaffee bei Rosa Blum und ließ seine Gedanken schweifen.

Jonathan Mittensen, der neben der Gruppe gestanden hatte ging zu Beatrice ins Büro, um mit ihr die kommenden Tage und Ausflüge zu besprechen.

Wie ruhig ist es hier und wie gut es mir geht, dachte Martin. Es ist erst der zweite Tag und trotzdem fühle ich mich entspannt und zufrieden.

Nach einer Weile begann Martha mit ihrer Gesangsstunde. Sie übersprang heute die Einsing-Übungen und begann sofort mit einer virtuosen Arie. Ole kam gleich darauf mit seinem Buch zu Martin auf die Terrasse.

„Sie singt wieder", sagte Martin aufhorchend.

„Ja das stimmt", entgegnete Ole.

Sie saßen da und lauschten der Stimme. „Gestern hat es mir etwas besser gefallen. Heute klingt sie so matt. Findest du nicht auch? Vielleicht war die Wanderung heute zu lange?"

„Mir gefällt es heute genauso gut wie gestern", erwiderte Ole.

Beatrice, die für Herrn Mittensen eine Tasse Kaffee holen wollte, sah Martin und Ole auf der Terrasse sitzen und gesellte sich einen Moment zu ihnen. „Ich hoffe euch beiden geht es gut bei mir?"

„Alles ganz prima", strahlte Ole Roggenstern. „Du machst das toll. Und ich finde, alles ist gut organisiert."

„Ich bin sehr froh, dass es euch gefällt. Es ist erst meine zweite Saison und ich hoffe, dass alles gut anläuft und es sich herumspricht. Die meisten Gäste kommen über Mund-zu-Mund-Propaganda. Nur die Wenigsten finden dieses Center über das Internet."

„Ich habe es im Internet gefunden", lächelte Martin. „Wenn man direkt sucht, dann wird man automatisch auf deine Seite geleitet."

„Sehr schön", sie blickte auf die Uhr, atmete tief durch und rieb sich dabei die Augen. „Oh, schon kurz vor 15 Uhr. Ich muss mich beeilen. Herr Mittensen wartet und um halb beginnt der Kunstkurs und ich muss noch einiges vorbereiten." Mit diesen Worten ging sie schnell zurück ins Büro.

Nun war es wieder das Ave Maria aus Verdis Otello. Wie eindringlich diese Arie doch war und wie intensiv die Musik geschrieben war, voller Traurigkeit: Desdemona wird gleich darauf sterben, denn Otello wird sie in seiner Verzweiflung voller Eifersucht erwürgen.

Die Stimme verstummte.

„Nun ist sie zu Ende mit der heutigen Singstunde."

Es wurde still. Martin und Ole blieben gemeinsam auf der Terrasse sitzen bis kurz vor halb vier die anderen

Gäste zurückkamen. Beatrice kam zusammen mit Jonathan Mittensen heraus, der eine Reihe Karten unter den Armen trug, und lud alle Gäste ein, zum Kunstkurs zu kommen.

„Ich bringe noch meine Postkarten auf das Zimmer", sagte Karen. „Ich komme gleich nach."

„Ich komme noch schnell mit dir und lege mein Buch aufs Zimmer", stimmte Ole ein.

Beatrice rief den beiden nach: „Dann könnt ihr auch gleich Martha Bescheid sagen, dass der Kurs anfängt."

Ole und Karen liefen in den ersten Stock. Karen betrachtete noch einmal die gekauften Postkarten und lächelte in sich hinein. Da vernahm sie einen lauten und schrillen Schrei. Es war Oles Stimme, die sie vernahm. Sie ging eilig in den Flur zu Oles Zimmer, doch das Zimmer war leer. Sie vernahm ein dumpfes „Oh Gott". Es kam vom anderen Ende des Flurs. Sie ging den Flur entlang und sah die offene Türe von Marthas Zimmer. Sie betrat den Raum. Ole stand regungslos mit offenem Mund da. Auf dem Boden lag Martha. Sie hatte eine klaffende Wunde an der linken Schläfe und das bereits getrocknete Blut färbte den Teppich rot. Sie fasste Ole am Arm.

„Oh mein Gott", flüsterte Karen. „Ist sie tot?"

„Ich weiß es nicht", sagte Ole mit erstickter Stimme.

Karen beugte sich über Martha, fühlte am Hals ihren Puls und bestätigte: „Ich fürchte, sie ist wirklich tot."

5

Schnell blickte Karen in Richtung Fenster. Es war verschlossen. „Vielleicht ist er noch hier?", fragte sie schnell.

Ole schaute sich im Zimmer um. Es war leer. Karen atmete tief durch. Sie erblickte neben Marthas Kopf einen blutbefleckten Gegenstand. Es war ein eiserner Türstopper. Ihre Blicke schweiften weiter und sie entdeckte aufgerissene Schubladen und den durchwühlten Koffer. Es hat jemand in diesem Zimmer eingebrochen, dachte sie. „Wir müssen den anderen Bescheid sagen und die Polizei verständigen."

„Ich gehe und gebe den andern Bescheid", sagte Ole, der nicht mit der Leiche alleine zurückbleiben wollte.

Karen wartete alleine im Zimmer. Nach einigen Minuten kam die Gruppe angelaufen, um sich von der grausamen Tat zu überzeugen. Sie blieben vor der Türe stehen. Nur Martin und Maximilian getrauten sich hinein zu gehen. Martins Blicke wechselten immer wieder von der Leiche zum Türstopper, von den Koffern und ihren durchwühlten Kleidern zur aufgerissenen Schreibtischschublade und dem umgeworfenen Stuhl. Wie zwanghaft prägte er sich jede Einzelheit ein. Er grunzte kurz und schaute über seine linke Schulter. Voller Anspannung entdeckte er das Aufnahmegerät mit den beiden Lautsprechern auf dem Schreibtisch und ein paar aufgeschlagene Noten. Er las die ersten Zeilen jener Arie, die sie vorhin noch gesungen hatte: `Ave Maria, piena di grazia, eletta fra le spose e le vergini sei tu, sia benedetto il frutto, o benedetta, di tue materne viscere, Gesù. ...´

Beatrice kam wieder zu Sinnen und wies alle an, das Zimmer zu räumen. Schockiert gingen alle zurück auf ihre Zimmer, um einen Moment durchatmen zu können. Beatrice verständigte unterdessen die Polizei.

Karen kam zu Beatrice ins Büro und sagte vertraulich: „Auch bei mir ist eingebrochen worden."

Beatrice sackte auf ihrem Bürostuhl zusammen und verbarg ihr Gesicht in ihren Händen. „Das darf nicht wahr sein."

„Es wurde nicht so auffällig durchwühlt wie bei Martha, aber es fehlt meine Geldbörse mit allen Karten und meine einzige Kette, die ich mitgebracht habe, ein

Erbstück meiner Großmutter. Um Postkarten zu kaufen hatte ich nur Bargeld mitgenommen."

„Das müssen wir der Polizei mitteilen. Unbedingt." Beatrice fing an zu weinen. „Wieso muss so etwas hier passieren? So etwas gibt es doch nicht hier bei uns. Die arme Martha. Wieso musste sie auch in ihrem Zimmer sein, als der Einbrecher ihre Sachen durchwühlte. Ich weiß nicht, wie ich das überstehen soll? Niemand wird mehr hierher kommen wollen."

Karen legte den Arm um ihre Schulter und versuchte sie zu trösten. Aber was könnte sie sagen, denn Beatrice hatte Recht. Nach dieser Tragödie würden bestimmt nicht mehr viele Menschen hierher kommen wollen. Ihre Existenz war dadurch bedroht.

Draußen hörte man schrille Sirenen. Sechs Polizeiwagen und ein Krankenwagen fuhren vor. Es stiegen dutzende Polizisten unterschiedlicher Abteilungen aus. An ihrer Spitze liefen zwei Männer in Zivil. Beatrice fasste sich und kam ihnen entgegen.

„Gut das Sie so schnell kommen konnten", eröffnete Beatrice, „Ich bin Beatrice Rissmann, die Leiterin des Retreat-Centers."

„Hauptkommissar Peters", der große dunkelhaarige Mann mit Schnauzer nickte kurz und gab Beatrice die Hand. Er hatte eine natürliche Autorität, so dass

Beatrice, sofort eingeschüchtert, nicht mehr als ein kleinlautes `Hallo´ murmeln konnte. „Dies hier ist Kommissar Römer, mein Assistent." Auch dieser nickte steif.

Peters war um die 50, von großer Statur, mit breiten Schultern und großen Händen. Die ernsten, undurchdringbaren Augen in dem recht markanten und faltigen Gesicht spiegelten seine langjährige Erfahrung wider. Der andere war Ende 30, war von dicklicher Statur und besaß wache Augen, die hinter einer schwarzen Hornbrille hervorblitzten. Sein Haar war blondgelockt. Er führte ein kleines braunes in Leder eingebundenes Notizbuch mit sich, in das er alles Wichtige eintrug.

„Bitte führen Sie uns zum Tatort, Frau Rissmann." Die Polizisten folgten Beatrice in den ersten Stock in Marthas Zimmer. Nichts war verändert worden. Bevor die Spurensicherung den Tatort untersuchte, betraten die beiden Kommissare und der Arzt zusammen mit Beatrice das Zimmer.

„Wir haben sie so aufgefunden, wie sie daliegt und haben nichts angefasst."

„Wer ist die Tote?", fragte Peters.

„Martha Lindeau. Eine meiner Gäste. Sie ist vorgestern zusammmen mit den anderen angereist", erklärte Beatrice.

„Wann hat man sie zum letzten Mal lebend gesehen?"

Beatrice Augenbrauen zogen sich zusammen. Sie versuchte sich an alles genau zu erinnern. „Die Gruppe war heute Mittag zusammen auf einer Wanderung. Das war wohl der letzte Zeitpunkt, an dem man sie lebend gesehen hat. Ja. Danach verschwand sie in ihrem Zimmer. Sie war Sängerin, wissen sie, eine sehr erfolgreiche und sang heute Nachmittag ihre Arien, so wie gestern auch." Sie schaute die beiden traurig an. „Das war wohl das letzte, was wir von ihr gehört haben. Etwa zwanzig Minuten später haben wir sie tot aufgefunden, als wir sie zum Kunstkurs abholen wollten."

„Wer hat sie gefunden?"

„Frau Karen Randur und Herr Ole Roggenstern, wenn ich mich nicht täusche."

„Gut." Er wandte sich an den Arzt, der sich bereits über die Leiche beugte und sie untersuchte. „Herr Schreiber, können Sie schon etwas über den Todeszeitpunkt sagen?"

„Ja, ich denke der Tod trat vor ein bis eineinhalb Stunden ein."

Peters schaut auf seine Uhr. „Jetzt haben wir kurz nach vier. Das heißt, sie muss zwischen halb drei und drei ermordet worden sein?"

„Ja, ich denke schon", entschied der Arzt.

„Bis kurz nach drei hat sie gesungen. Ich schaute auf die Uhr", mischte sich Beatrice ein.

Peters blickte zu dem Arzt. „Ist das möglich, Schreiber?"

„Ja", nickte Schreiber nach einer kurzen Pause, „wenn sie gleich darauf gestorben ist, könnte der Zeitpunkt passen."

„Gut. Dann muss sie um kurz nach 15 Uhr ermordet worden sein."

Peters blickte sich im Raum um. Er betrachtete genau die verschiedenen geöffneten und durchwühlten Koffer, die offene Schreibtischschublade und die Leiche auf dem Boden, die vor der Badezimmertüre lag. Ein Stuhl lag umgekippt auf dem Boden. Offenbar war jemand eingedrungen und hatte das Zimmer durchwühlt. Vielleicht war es auch zu Handgreiflichkeiten oder einem Kampf gekommen.

„Wenn es sich um einen Raubmord handelte", fing er an, „so wie es sich uns hier darstellt, dann könnte Frau Lindeau nach dem Singen ins Badezimmer gegangen sein. Der Täter schlich sich ins Zimmer, in der Annahme, dass es leer war und durchwühlte die Koffer. Ob er etwas Wertvolles entwendet hat, das müssen wir noch untersuchen. Frau Lindeau kam aus dem Badezimmer und stellte den Täter zur Rede. Da verlor er die Nerven, griff nach dem Türstopper und erschlug sie im Affekt. Vielleicht kam es auch zuvor zu einer Auseinandersetzung, bei der der Stuhl umgeworfen wurde. Anschließend suchte er das Weite. Römer, was meinen Sie?"

„Ja, ich denke, so könnte das vor sich gegangen sein", hörte man den jungen Kommissar, „wenn es ein Raubmord war."

„Richtig, Römer."

Beatrice meldete sich zu Wort: „Es könnte tatsächlich so gewesen sein, denn bei Frau Randur wurden ebenso wertvolle Dinge, Geld und Schmuck entwendet."

Peters spitzte die Lippen. „In der Tat? Das ist interessant, das müssen wir uns anschauen. Bitte, Frau Rissmann, zeigen Sie uns das andere Zimmer."

Sie verließen den Tatort und machten der Spurensicherung Platz, die Fingerabdrücke suchte und penibel genau alles fotografierte. In Karen Randurs Zimmer sah es ganz aufgeräumt aus. Nichts war durchwühlt worden. Hauptkommissar Peters kombinierte und dachte, dass der Täter zuerst Frau Randurs Zimmer in Ruhe durchsucht haben musste und dass alles darauf hindeutete, dass Martha Lindeau zuerst getötet und dann anschließend ihr Zimmer in Zeitnot durchsucht wurde. Sie verließen Karens Zimmer.

Im Flur stehend interviewte er Beatrice: „Wer war alles im Haus, als der Mord passierte?"

Beatrice dachte angestrengt nach. Nach einer kurzen Pause sagte sie: „Ich kann es Ihnen nicht genau sagen, wer im Haus war. Herr Fennberg und Herr Roggenstern saßen zusammen auf der Terrasse, das weiß ich, denn mit ihnen habe ich geredet. Herr Jonathan Mittensen, der Fremdenführer war bei mir im Büro." Sie verstummte.

„Ja?", sagte Peters sanft.

„Ja, und wo die anderen waren, das kann ich ihnen leider nicht sagen. Wir hatten Mittagspause und ich habe weiter niemanden gesehen."

„Vielen Dank Frau Rissmann. Sie haben uns sehr geholfen." Er machte eine angedeutete Geste, dass sie nun fertig waren mit dem Interview und sie sich nun entfernen dürfe.

Beatrice sah gedankenverloren aus. Ihre Stirn legte sich in Falten. Was soll nun geschehen, dachte sie. Ein Mord hatte sich in ihrem Center ereignet. Und sie hatte große Hoffnungen in die Zukunft gesetzt. Würden jetzt noch Gäste kommen, wenn sich herumspräche, dass hier ein Mord verübt wurde? „Bitte", sagte sie zu den Kommissaren, „können Sie sich diskret verhalten, so dass keine weiteren Unannehmlichkeiten entstehen?"

„Wir werden ihre Gäste befragen müssen und Ermittlungen anstellen. Seien Sie beruhigt, wir werden den Umständen entsprechend diskret vorgehen."

Beatrice ging ungläubig zu den andern, die sich in der Zwischenzeit im Aufenthaltsraum gesammelt hatten.

„Wir werden alle Gäste befragen", sagte Peters zu Römer. „Vielleicht hat ja der eine oder andere etwas gesehen oder gehört." Mit diesen Worten gingen beide die Treppe hinunter.

6

Im Aufenthaltsraum waren alle Gäste versammelt. Es herrschte eine angespannte Ruhe. Niemand wagte sich etwas zu sagen. Nur Martins nervöses Fiepen und Grunzen konnte man vernehmen. In den Gesichtern war deutlich ablesbar, wie sich die einzelnen fühlen mussten, denn niemand war zuvor in einen Mordfall verwickelt gewesen. Petra wirkte ängstlich und unruhig. Nervös sah sie von einem zum anderen. Es schien, als wollte sie etwas sagen, aber sie zögerte und bekam dann doch nichts heraus. Karen schien ebenso aufgeregt. Sie rieb sich unaufhörlich die Hände. Ganz anders hingegen verhielt sich Maximilian. Er war sehr gefasst und konzentriert und starrte in Gedanken versunken vor sich hin. Ole war ebenso ruhig, schien aber nicht besonders angespannt zu sein. Eher zeigte er ein reges Interesse an dem, was nun kommen mochte.

Martin konnte seine Tics nur schwer verbergen. Bei Geschehnissen, die ihn persönlich betrafen, die ihn verletzten, ihn aufregten, ihn bewegten, gab es immer einen signifikanten Anstieg der Tics. Er zwinkerte nervös mit seinen Augen und fiepte in regelmäßigen Abständen. Es war eine Mischung aus Anspannung und Entflammt sein von den Ereignissen, die hier vor sich gingen. In den vergangenen Jahren hatte Martin viele Kriminalromane gelesen, und war begeistert von deren Ideenvielfalt und Genialität und so fand er es unglaublich spannend, nun tatsächlich in einen Mordfall verwickelt worden zu sein.

61

Die beiden Polizeibeamten sahen in die Runde und erklärten ruhig, dass nun jeder zu einem Interview in das Bürozimmer kommen musste. Beatrice Rissmann hatte ihnen ihr Büro zur Verfügung gestellt und eine Liste der Gäste ausgehändigt.

Maximilian betrat als erster das Büro. Herr Peters wies ihm einen Stuhl zu: „Bitte nehmen sie Platz, Herr Dörflein. Wir müssen Ihnen ein paar routinemäßige Fragen stellen bezüglich des Mordes, Sie verstehen."

Maximilian nickte. „Selbstverständlich. Ich stehe Ihnen zur Verfügung."

„Verbringen Sie zum ersten Mal hier in diesem Retreat-Center ihren Urlaub?"

„Ja, ich bin dieses Jahr das erste Mal hier her gekommen."

„Und wie gefällt es Ihnen?"

Maximilian stutzte. „Ja, gut. Bisher hat mir der Aufenthalt gut gefallen." Er blickte dem Hauptkommissar sehr konzentriert in die Augen.

„Und kannten Sie vor dem Aufenthalt den einen oder anderen Gast? Sind Sie zusammen mit einem anderen Gast hier angereist?"

„Weder noch", erklärte Maximilian, „Ich kannte niemanden vorher und ich bin alleine angereist."

„Haben Sie das Opfer, Martha Lindeau vorher schon einmal gesehen? Auf einer Bühne oder in einem Konzert?"

„Nein, mir war Frau Lindeau völlig unbekannt."

„Wo waren Sie heute Nachmittag, als der Mord geschah?"

Maximilian räusperte sich. Mit klarer Stimme erklärte er: „Nach dem Mittagessen hatten wir Freizeit bis zum Kunstkurs am Nachmittag. Ich bin in mein Zimmer gegangen und habe gelesen. Ich glaube, ich bin dabei auch ein bisschen eingenickt."

„Haben Sie etwas Außergewöhnliches gehört oder ist ihnen etwas aufgefallen?" Peters neigte den Kopf zur Seite.

„Ich hörte eine Tür auf und zu gehen. Ich dachte es sei Herr Fennberg. Ich wollte ihn fragen, ob wir am Abend nach dem Abendessen wieder eine Partie Doppelkopf spielen wollten. Ich sah in den Flur, aber es war niemand da. Dann klopfte ich an seine Türe, aber niemand antwortete. Ich bin dann wieder in mein Zimmer gegangen."

„Sonst haben Sie nichts gesehen oder gehört?"

„Nein", Maximilian schüttelte den Kopf, „tut mir leid. Sonst habe ich nichts gehört oder gesehen."

„Bitte denken Sie noch einmal nach. Vielleicht haben Sie einen Streit gehört, Frau Lindeau hatte sicher eine gut trainierte Stimme. Oder ein Poltern? Es wurde ein Stuhl umgestoßen."

Maximilian versuchte sich zu erinnern, doch er hatte wirklich nichts dergleichen gehört. „Nein, es ist, wie ich ihnen schon sagte. Nichts, was Sie beschrieben haben, habe ich gehört oder gesehen."

Nach einer langen Pause bedankte sich Peters: „Vielen Dank, Herr Dörflein, für Ihre Unterstützung."

Maximilian verließ das Büro.

Als nächstes betrat Karen das Büro. Die Anspannung war ihr im Gesicht anzusehen.

„Bitte entspannen Sie sich, Frau Randur. Wir wollen Ihnen nur ein paar Fragen stellen zum heutigen Raubmord."

Karen nickte.

„Sie haben die Leiche gefunden, zusammen mit Herrn Roggenstern. Das muss ein furchtbarer Schock für sie gewesen sein?"

Karen sah ihn traurig an: „Oh ja, ich war ganz erstarrt, als ich das Zimmer betrat und sie da liegen sah."

„Was dachten Sie zuerst, als sie ins Zimmer kamen und sahen, was geschehen war?"

„Ich dachte, es ist etwas Furchtbares passiert. Irgendwer muss die arme Martha erschlagen haben."

„Irgendwer?"

„Ja, irgend ein Fremder. Und als ich sah, dass ihre Sachen durchwühlt waren, wusste ich, das musste ein Einbruch gewesen sein. Man hat sowas schon mal gehört, nicht wahr? Dass ein Einbrecher im Affekt zugeschlagen hat?"

„Ja, da haben Sie vollkommen Recht", unterstützte Peters. „Sie sind selbst ein Opfer des heutigen Tages. Auch Ihnen wurden wertvolle Gegenstände entwendet. Können Sie uns schildern, was bei Ihnen fehlt?"

Karen schluckte und begann dann: „Meine Brieftasche wurde mir aus der Handtasche gestohlen. Dort waren alle Karten drin und etwa 200 Euro in Bar. Dann hatte ich eine schöne silberne Halskette in einem samtenen Beutel in einem Extrafach in meinem Koffer. Auch sie wurde gestohlen. Es war ein Erbstück meiner Großmutter."

„Das muss für Sie ein großer Schock gewesen sein?"

Karen nickte wieder. „Oh, ja. Mir ist Derartiges noch nie passiert."

„Können Sie sich vorstellen, wer Ihnen das angetan haben könnte?"

„Wie... ja, wie meinen Sie das?" Karen stutzte. „Ich denke, dass es ein Raubmord war. Dass ein Fremder sich hier hineingeschlichen hat und mich und Martha, die arme Martha, bestohlen und dann noch erschlagen hat!" Sie rang mit den Tränen.

„Ja, natürlich, so ist es auch sicher gewesen", beschwichtigte Hauptkommissar Peters. „Wo waren Sie in der heutigen Mittagspause, wenn ich das fragen darf?"

Karen sammelte sich. „Ich bin ins Dorf gegangen und habe fünf Postkarten gekauft. Dann habe ich mich auf eine Bank gesetzt, in diesem kleinen Park gleich neben der Gemeindeverwaltung, und habe die Karten geschrieben."

„Und wann sind Sie wieder zurückgekehrt aus dem Park?"

„Das war kurz bevor der Kunstkurs begann. Ich weiß noch, ich wollte die Karten in mein Zimmer legen und da hörte ich den Schrei von Ole, Ole Roggenstern, der die arme Martha entdeckte."

„Herr Roggenstern sah die Leiche zuerst und Sie sind anschließend zu ihm ins Zimmer gegangen?"

„Ja, ich schmiss die Postkarten auf mein Bett und lief sofort zu ihm hinüber."

„Erzählen Sie mir, was Ihnen in diesem Moment durch den Kopf ging, als sie das Zimmer sahen und Frau Lindeau, die auf dem Boden lag."

Karen überlegte. Es waren verschiedene Gedanken, die ihr durch den Kopf gegangen waren. Ganz offensichtlich war es ein Überfall gewesen, erinnerte sie sich, als sie die durchwühlten Koffer und die Schreibtischschublade sah. Gleichzeitig dachte sie an all die schrecklichen Dinge, die sie über Martha gesagt und über sie gedacht hatte. Martha, die jetzt leblos vor ihr lag. Sie hatte ein schlechtes Gewissen. Unweigerlich dachte sie auch an Petra, die Martha nicht leiden mochte. Petra, was mochte Petra fühlen, wenn sie sie sah? Laut sagte sie: „Ich dachte, es muss ein Überfall gewesen sein. Hoffentlich ist er nicht mehr im Zimmer."

Peters blickte ihr fest in die Augen.

Langsam wiederholte sie ihre Worte: „Ich dachte, es muss ein Überfall sein und ich hatte Angst. Angst, dass er noch da war."

Peters nickte sanft. „Ist Ihnen sonst noch irgendetwas aufgefallen, was wichtig sein könnte in diesem Fall?"

Karen schüttelte den Kopf und verneinte. Anschließend durfte sie das Büro wieder verlassen. Erleichtert ging sie zurück zu den anderen in den Aufenthaltsraum.

Die Türe öffnete sich und ein Polizeibeamter trat ein. „Wir haben ein offenes Fenster entdeckt. Auf der Rückseite des Hauses. Laut der Besitzerin Frau Rissmann ist dieses Zimmer nicht bewohnt und das Fenster normalerweise geschlossen. Der Täter könnte dort ungesehen ausgestiegen und den Hang hinauf in den Wald geflüchtet sein."

„Sehr gut, Grabinski", lobte Peters. „Das schauen wir uns gleich einmal an." Die drei Männer verließen das Büro und gingen in einen der hinteren Räume im ersten Stock des Gebäudes. Darin waren alte verstaubte Möbelstücke, gestapelte Matratzen und einige Umzugskartons. Der Raum war klein und es roch muffig, trotz des offenen Fensters. Direkt hinter dem Fenster stieg der Hang empor und etwa drei Meter dahinter begann der Wald.

„So könnte es gewesen sein. Der Mörder könnte hier herausgeklettert und ungesehen in den Wald geflüchtet sein." Peters betrachtete das Fenster und das kurze

Stück Wiese. „Fußspuren werden wir hier keine finden. Die Spurensicherung soll sich hier den Fensterrahmen genau anschauen. Vielleicht ist unser Mörder ja irgendwo hängen geblieben."

„Ich werde es weitergeben", sagte Grabinski und verließ den Raum.

„So kommen wir der Sache näher. Es deutet alles darauf hin, dass es ein Raubmord war. Aber wir müssen in jedem Fall die Berichte der Spurensicherung abwarten", meinte Kommissar Römer.

„Nicht so vorschnell, Römer!", warnte Peters. „Es ist zu einfach. Es ist zu klar." Peters schüttelte den Kopf. „Da ist das durchwühlte Zimmer, dann das offene Fenster und der fremde Unbekannte. Niemand hat etwas gesehen und niemand hat etwas gehört. Es ist so klar und der Fall wird zu den Akten gelegt." Peters schnipste mit den Fingern. „Wir müssen mit den anderen Gästen weitermachen. Irgendjemand muss etwas gesehen oder gehört haben."

Auf dem Weg zurück ins Büro sagte Peters weiter: „Ich denke, wir nehmen uns Frau Neuzinger vor."

Als Petra die Türe zum Büro öffnete, hatte sie einen ängstlichen Gesichtsausdruck. Sie blieb in der geöffneten Türe stehen und wäre am liebsten wieder umgekehrt. Da saßen die beiden Kriminalkommissare, noch vertieft in ein Gespräch. Gleich würden sie ihr schlimme Fragen stellen, und wie Spürhunde anschlagen, wenn sie etwas Komisches sagen würde. Sie hatte ja nichts verbrochen, dachte sie, hatte aber auch kein Alibi. Und sie wusste, dass sie dadurch unter Verdacht geraten könnte. Bange trat sie einen Schritt näher. Der Hauptkommissar drehte sich um und lächelte: „Guten Tag Frau Neuzinger, bitte setzen Sie sich einen Augenblick, wir wollen Ihnen nur ein paar routinemäßige Fragen stellen."

Petra setzte sich still.

„Können Sie uns schildern, was Sie in dem Zeitraum zwischen dem Mittagessen bis zur Auffindung der Toten gemacht haben?"

Sie zögerte und begann dann: „Wir standen alle auf der Terrasse und hatten Zeit bis halb vier. Da sollte der Kunstkurs beginnen. Ich fragte fast jeden aus der Gruppe, ob jemand mit mir zu dieser schönen Lichtung gehen möchte, die wir auf unserem Ausflug gesehen hatten und die so wunderschön war. Aber niemand wollte mit. Alle waren zu müde oder hatten andere Dinge geplant."

Sie stoppte und blickte bittend und unsicher in Hauptkommissar Peters in die Augen, als wolle sie sagen `Bitte glauben Sie mir, ich war zwar alleine, habe aber nichts Schlimmes gemacht´. Sie wusste, dass sie jetzt genau das sagte, was sie verdächtig machen würde.

„Und dann sind Sie alleine gegangen?", fragte Peters freundlich.

„Ja, ich war alleine dort."

„Sind Sie auf dem Weg irgendjemandem begegnet?"

Petra senkte die Augen und flüsterte: „Nein."

„Und wie lange sind Sie dort geblieben?"

„Ich weiß es nicht. Ich dachte nach."

„Und als Sie wieder zurückkamen, sind Sie über den Waldweg gekommen, der hinter dem Haus entlangläuft?"

„Ja, das stimmt", entgegnete Petra.

„Und Ihnen ist bestimmt niemand entgegen gekommen, als sie in Richtung Haus gingen? Niemand, der möglicherweise von der Hinterseite her gekommen sein könnte?"

„Nein, niemand war da", bekräftigte Petra.

„Gut", sagte Peters. Er zog den Stuhl näher an Petra heran und fragte dann vertraulich: „Sie sagten vorhin, Sie haben fast jeden gefragt, ob jemand sie begleiten möchte. Sie sagten: fast jeden. Wen haben Sie denn nicht gefragt?"

Petra rutschte auf ihrem Stuhl hin und her. Die Antwort war ihr sehr unangenehm, jetzt da ihr Martha sehr leid tat. „Ich wollte nicht, dass Martha mich begleitet."

Peters blickte zu Römers, der weiterhin alles notierte.

„Wieso nicht?" In Peters Stimme klang etwas Warmes und Vertrauensvolles.

„Ich mochte sie nicht besonders gerne. Wir hatten so wenig gemein", sagte sie schnell.

„Können Sie uns das genauer schildern?", bat Peters.

„Nun, wir führen ein ganz verschiedenes Leben", begann sie langsam. „Wissen sie, ich bin Buchhalterin und arbeite jeden Tag hart. Ich habe viel zu tun. Ich führe ein einfaches und bescheidenes Leben. Ja, ich bin eine bescheidene Frau. Ich kenne mich nicht aus in Dingen, wie Kunst oder Musik. Ich gehe nicht ins Theater. Das ist nicht meine Welt. Und..." Sie brach ab.

„Und?", hörte sie Peters sanfte Stimme.

„Und wie sie sich kleidete. So auffällig und bunt. Wie sie sprach. Und wie sie sich mit Männern umgab. Sie musste immer im Mittelpunkt stehen und alle mussten sie bewundern."

„Und das gefiel Ihnen nicht?"

„Nein, das gefiel mir nicht." Petra schaut besorgt auf den Boden. Hatte sie eben genau das gesagt, was sie unbedingt für sich behalten wollte. Jetzt war klar, dass die beiden Kommissare sie verdächtigen mussten. Laut sagte sie: „Darf ich jetzt wieder gehen?"

„Ja, Sie dürfen gehen. Sie haben uns sehr geholfen."

Ungläubig verließ Petra den Raum.

Ole Roggenstern betrat energisch den Raum. Ein Lächeln umspielte seine Lippen. Es schien so, als ob er sich freuen würde, nun mit den beiden Kommissaren über den Fall reden zu können. Peters kam nicht umhin, dies zu bemerken.

„Herr, Roggenstern", sagte er freundlich, „bitte treten Sie näher und nehmen Sie Platz."

„Vielen Dank, Herr Kommissar." Ole nickte und setzte sich.

„Herr Roggenstern. Haben Sie ebenso wie die anderen Gäste das Haus um die Mittagszeit verlassen?"

Ole antwortete schnell: „Nein, Herr Kommissar. Ich bin nach dem Essen auf mein Zimmer gegangen und habe ein Buch gelesen."

„Sind Sie die ganze Zeit über im Zimmer geblieben?"

„Nein, später, als Marta sang, bin ich nach draußen gegangen und habe Herrn Fennberg auf der Terrasse getroffen. Frau Rissmann kam ebenso hinzu und wir unterhielten uns."

„Als Sie alleine im Zimmer waren, haben Sie in dieser Zeit etwas Besonderes vernommen? Ein außergewöhnliches Geräusch?"

Ole dachte nach. „Ich habe ein Geräusch im Flur gehört. Als ob jemand an einer Türe klopfen würde. Aber ich bin mir nicht sicher." Er stockte, weil er unsicher war, ob er weiter erzählen sollte oder nicht. „Da war Herr Dörflein im Flur", sagte er schließlich langsam. „Er klopfte an die Türe von Herrn Fennberg."

„Woher wissen Sie das?"

„Ich habe die Tür geöffnet."

„Wieso haben Sie die Türe geöffnet?" Peters lächelte.

Ole sagte ganz natürlich: „Weil ich neugierig war."

Peters hob die Augenbrauen erstaunt. „Und hat Herr Dörflein gemerkt, dass Sie ihn beobachtet haben?"

Ole überlegte, dann sagte er: „Nein, ich glaube, er hat mich nicht bemerkt."

Peters erhob sich und lief ein paar Schritte Richtung Fenster. Aus dem Fenster schauend bemerkte er: „Sie sind Student?"

Ole verstand die Frage nicht. Er antwortete verwundert: „Ja, das stimmt. Wieso fragen Sie das?"

„Weil Sie viel jünger sind als die anderen Gäste." Peters drehte sich um. „Was hat Sie bewogen, hier her in dieses Retreat-Center zu kommen? Im Allgemeinen kommen Menschen wegen der Ruhe her und weil sie sich für eine Zeit lang zurückziehen und erholen möchten, vielleicht vom Stress im Beruf oder der Familie?"

Ole nickte. Er verstand, dass es für einen jungen Studenten eher ungewöhnlich war, in ein solches Center zu fahren. Er überlegte kurz und begann: „Es war die Idee meiner Freundin. Ich habe jetzt im September Semesterferien, aber sie bekam keinen Urlaub, um mit mir gemeinsam zu verreisen. Und alleine ins Ausland fliegen wollte ich nicht. Da hat sie mir die Internetseite von diesem Center gezeigt und meinte, es sei eine gute Idee, hierher zu fahren. Also habe ich hier gebucht."

Peters beobachtete Ole schmunzelnd. Der Liebe wegen ist er hier.

„Vielen Dank Herr Roggenstern, Sie können jetzt wieder zu den anderen gehen. Falls wir noch weitere Fragen haben, wenden wir uns an Sie."

„Gerne", antwortete Ole lächelnd. „Ich stehe Ihnen zur Verfügung." Mit diesen Worten verließ er den Raum.

Der Polizeibeamte Grabinski kam erneut in den Raum. Steif sagte er: „Die Spurensicherung ist fertig mit ihrer Arbeit. Kollege Meier möchte Sie sprechen." Gemeinsam gingen sie in das Zimmer, in dem Martha Lindeau getötet wurde. Ihr Körper wurde bereits abtransportiert. Man sah nur noch den rotgefärbten Blutfleck auf dem Teppich, an der Stelle, wo sie lag. Meier, ein mittelalterlicher rothaariger Mann mit großlockiger Frisur und Nickelbrille stand vor der Balkontür und packte seine Tasche zusammen.

„Also Meier, was haben Sie herausgefunden", eröffnete Peters.

„Recht wenig", begann dieser. „Wir konnten keine Fingerabdrücke entnehmen, weder auf dem Türstopper, noch auf den Schnallen des Koffers oder dem Griff der Schreibtischschublade. Der Täter oder die Täterin muss Handschuhe getragen und alle Fingerabdrücke verwischt haben." Meier machte eine kurze Pause. „Auch haben wir sonst keine Spuren gefunden. Keine Faserreste, die Aufschluss geben könnten oder Haare oder sonst etwas. Es kann zu keiner körperlichen Auseinandersetzung zwischen Täter und Opfer gekommen sein." Meier kombinierte: „Meiner Meinung nach muss sie den Täter gekannt haben." Er rekonstruierte den Tathergang: „Sie muss ihn hereingelassen haben. Vielleicht hat sie sich in einem Gespräch mit ihm kurz abgewendet. Als sie sich wieder umdreht, schlägt er oder sie mit dem Türstopper zu. Die Koffer könnte er oder sie danach durchwühlt und die Wertsachen entwendet haben."

„Das würde bedeuten, dass nicht der Raub, sondern der Mord Hauptmotiv war?", fragte Peters.

„Das könnte sein", bestätigte Meier.

„Das ist ein interessanter Ansatz", bestätigte Peters. „Wir werden ihn weiter verfolgen. Und was ist mit dem offenen Fenster?"

„Am Fensterrahmen konnten wir nichts Eindeutiges finden. Auch im Gras waren keine Fußspuren ersichtlich."

„Das bringt uns leider nicht viel weiter."

„Tut mir leid, dass ich Ihnen nicht weiterhelfen kann. Den genauen Bericht erhalten Sie schriftlich von mir." Meier packte die restlichen Utensilien zusammen, nickte kurz zur Verabschiedung und verließ den Raum.

Römer blickte Peters ungläubig an. „Ich hatte mir mehr versprochen von der Spurensicherung. Nun sind wir genauso unwissend wie zuvor auch."

„Nicht ganz", entgegnete Peters. „Wir wissen, dass es keine Spuren von Gewalt oder einer Auseinandersetzung gab. Und wir wissen, dass der Mörder darauf geachtet hat, seine Spuren zu verwischen. Er oder sie handelte nicht kopflos oder hektisch im Affekt. Und wir haben auch einen neuen Gedankenansatz: Dass Martha Lindeau nicht Opfer eines Raubmordes war, sondern Opfer eines Mordes gewesen sein könnte." Er neigte den Kopf und sah Römer mit großen Augen an.

Martin Fennberg war aufgeregt und angespannt, kannte er ja solch Vernehmungen aus den unzähligen Kriminalromanen, die er gelesen hatte und aus den Sendungen im Fernsehen. Vernehmungen, die er immer sehr konzentriert verfolgte und selbst dabei versuchte, die Hinweise richtig zu folgern. Nur dieses

Mal war er selbst involviert und es war keine Fiktion, sondern traurige Tatsache. Sein Tourette konnte er in diesem Moment nicht gut unterdrücken. Er zuckte mit den Augen und schüttelte in regelmäßigen Abständen leicht mit dem Kopf. Im gegenüber saß Peters, der ihn still und gedankenvoll ansah. Römer saß abseits. Peters atmete tief ein und begann schließlich: „Herr Fennberg, könnten Sie uns schildern, wo Sie sich und die anderen Gäste nach dem Mittagessen bis zum Mord aufgehalten haben?"

Martin überlegte, seine Augen zuckten. Er sagte ruhig: „Gerne. Ich blieb nach dem Mittagessen auf der Terrasse sitzen und trank einen Kaffee. Später kam Ole Roggenstern zu mir. Er war gut gelaunt und machte ein paar lustige Witze über einen Schüler, der seinem Lehrer Streiche spielte. Wir unterhielten uns dann über den Beruf des Lehrers und über die mangelnde praktische Ausbildung an den Universitäten. Herr Roggenstern studiert Lehramt und hat gerade ein Praktikum an einer Grundschule absolviert, wie er mir erzählte."

„Wann kam Herrn Roggenstern genau zu Ihnen?"

Martin dachte nach: „Er kam zu mir, nachdem Martha angefangen hatte zu singen. Das musste um viertel vor drei gewesen sein." Ein heftiges Kopfzucken begleitete seine Aussage.

„Sind Sie sich da ganz sicher?" Peters beobachtete ihn etwas verwirrt.

Martin nickte und bestätigte nochmals: „Ja, absolut. Martha begann zu singen und Herr Roggenstern kam gleich darauf auf die Terrasse." Nach einer kurzen Pause berichtete er weiter: „Dann kam auch noch Frau Rissmann zu uns. Aber kurze Zeit später ging sie wieder in ihr Büro. Sie war angespannt und machte einen recht nervösen Eindruck."

Einen nervösen Eindruck machst du auch, dachte Peters. Ob er die Wahrheit sagt? Peters nickte und sagte laut: „Ja, das deckt sich mit dem, was wir schon wissen. Und die übrigen Gäste?"

„Lassen Sie mich überlegen", begann Martin. Schon wieder zuckte sein Kopf. Peters Augen flackerten. „Frau Randur ging ins Dorf, um Postkarten zu kaufen, soweit ich weiß, Frau Neuzinger ging alleine in den Wald und Herr Dörflein wollte auf seinem Zimmer lesen. Wir waren alle zusammen auf der Terrasse, als wir uns trennten."

Peters fuhr fort: „Frau Lindeau wurde getötet, nachdem sie aufgehört hatte zu singen. Haben Sie irgendetwas Außergewöhnliches vernommen? Ein Geräusch oder einen Schrei? Vielleicht ein Stuhl, der umgestoßen wurde?"

„Nein, nichts dergleichen. Ich habe keinen Schrei gehört."

„Und Sie haben auch niemanden Fremden gesehen, der sich vom Haus entfernte?"

„Nein, leider auch nicht." Peters nickte. Martin konnte Herrn Peters keine befriedigende Antwort geben. Es schien, dass dieser Mord ganz unentdeckt verübt worden war, zu einem günstigen Zeitpunkt, da fast niemand im Haus war. Der Einzige, der etwas gesehen oder gehört haben könnte, wäre Maximilian gewesen, dachte er sich. Er war im Haus, als es passierte. Aber anscheinend hatte er nichts vernommen, sonst hätte Herr Peters genauer danach gefragt.

„Dann danke ich Ihnen fürs Erste, Herr Fennberg. Bitte halten Sie sich bereit, für den Fall, dass wir noch weitere Fragen haben."

„Selbstverständlich", bejahte Martin und ging zu den anderen zurück in den Aufenthaltsraum.

Peters und Römer schauten sich an. Sie nahmen auf der Couch Platz und schwiegen gedankenvoll. Alle Gäste hatten sie nun befragt. Wo standen sie nun nach dieser ersten Befragung?

Schließlich fragte Peters: „Römer, lassen Sie uns Revue passieren. Was wissen wir?"

Römer blätterte in seinen Aufzeichnungen. „Alle Aussagen decken sich. Es gibt bis jetzt noch keine Widersprüche. Jeder schien dort gewesen zu sein, wo er sagte."

„Richtig." Peters legte den Finger auf seinen Mund und kniff die Augen zusammen. „Alle waren außer Haus. Bis auf Herr Dörflein, der jedoch genau das erzählte, was Herr Roggenstern bestätigte. Er schien also die Wahrheit gesagt zu haben. Die beiden Frauen waren aufgeregt und hatten Angst. Finden sie auch?"

Römer bestätigte: „Das bemerkte ich auch. Sie hatten vielleicht Angst, etwas Falsches zu sagen. Oder sie waren aufgeregt, weil sie zur Tatzeit alleine waren, ohne Zeugen. So etwas macht vielleicht verdächtig."

„Sehr gut, Römer, und davor hatten sie Angst." Peters stand auf und lief im Raum umher. „Ganz anders zeigte sich Herr Dörflein. Er war sehr gefasst und konzentriert. Er überlegtet genau, bevor er etwas sagte."

„Er versuchte sich genau zu erinnern", sagte Römer. „Oder", er sagte dies betont, „er hatte sich zuvor etwas zurechtgelegt, das er dann konzentriert vortrug."

„Das könnte auch sein. Das behalten wir im Hinterkopf." Er tippte mit dem Finger auf die Tischplatte. „Herr Roggenstern machte den Eindruck, als sei er entspannt und gelöst. Als ob ihn das Ganze nichts anginge", sagte Peters nachdenklich. Er atmete tief ein. „Was halten Sie von Herrn Fennberg?"

„Er war sehr nervös und hatte Zuckungen", sagte Römer.

„Zuerst dachte ich, er sei nervös wegen dem Gespräch. Aber er zuckte andauernd. Wahrscheinlich irgendeine Erkrankung", beurteilte Peters. „Nein, ich meine es anders. Er verhielt sich anders als die übrigen Gäste. Finden Sie nicht auch? Er war interessiert und hilfsbereit und gelöst in seiner Art. Die anderen, ausgenommen von Herrn Roggenstern, waren entweder ängstlich oder hoch konzentriert."

„Er hat ja auch nichts zu verbergen, hat er doch ein sehr gutes Alibi", meinte Römer.

„Richtig", schloss Peters, „und er verfügt über ein gutes Erinnerungsvermögen."

Peters wandte sich Römer zu und begann: „Nehmen wir zunächst einmal an, es war Raubmord. Wo ist der Schmuck und das Bargeld?"

„Den hat der Täter mitgenommen"

„Richtig. Und es ist utopisch zu glauben, herausfinden zu können, wo und wann die Kette wieder auftaucht oder möglicherweise weiterverkauft wird. Die Kredit- und EC-Karten könnten überprüft werden, das ist realistisch. Also müssen wir die Kollegen darauf ansetzten, ob es heute Kontobewegungen gab und wenn ja, wo es sie gab. Allerdings hat Frau Randur sofort, als sie herausgefunden hatte, dass ihre Karten fehlten, diese sperren lassen. Also gibt es nur ein kleines Zeitfenster, in dem der Täter Geld abgehoben oder Dinge gekauft haben könnte."

„Ich werde eine Überprüfung gleich veranlassen", sagte Römer. Peters nickte.

„Warum wurden nur die beiden Zimmer durchsucht? Und nicht auch die anderen?", fragte Peters.

„Der Täter bekam kalte Füße", mutmaßte Römer. „Er hat Frau Lindeau getötet und wollte vielleicht nicht mehr so lange am Tatort verweilen und suchte das Weite."

„Möglicherweise", Peters schüttelte unzufrieden mit der Antwort den Kopf. „Ich denke, es war so. Der Täter war zuerst im Zimmer von Frau Randur und ging bei der Suche sorgfältig und behutsam vor. Dann, als er gefunden hatte, was er wollte, ging er in das nächste Zimmer. Dort wurde er von Frau Lindeau überrascht.

Im Affekt nahm er den Türstopper und schlugt zu. Frau Lindeau war sofort tot. Er durchwühlte hektisch ihre Sachen und dann verließ er schnell und unbemerkt das Haus."

„Genau. So könnte es passiert sein", bestätigte Römer. Langsam fragte er: „Gehen wir von einem Täter aus oder von einer Täterin?"

„Eine sehr interessante Frage", Peters lobte Römer. „Könnte eine Frau die Kraft gehabt haben, Frau Lindeau zu erschlagen?"

„Der Türstopper war massiv aus Eisen und hatte ein großes Eigengewicht."

„Also mutmaße ich, dass es genauso gut eine Frau getan haben könnte." Peters wiederholte: „Eine Frau."

„Und er oder sie muss rechtshändig sein, denn die Wunde war an der linken Schläfe." Er stellte sich in die Mitte des Zimmers, sein Notizbuch in der rechten Hand und führte eine Schlagbewegung aus.

„Gut kombiniert. Also fallen alle Linkshänder als Täter weg, denn im Affekt nimmt man die bevorzugte Hand."

Eine Pause entstand. Peters notierte einige Dinge in sein kleines Notizbuch und schnalzte mit der Zunge. „Dann war da noch eine andere Theorie", begann er von Neuem. „Meier meinte, es könnte nur ein vorgetäuschter Raubmord gewesen sein. Dass der Mord die Hauptsache war und wir nur glauben sollen, dass er im Affekt geschehen ist."

„Dann gibt es zwei Möglichkeiten", schlussfolgerte Römer. „Entweder war es ein Fremder, den wir nicht kennen oder es muss einer der Gäste sein."

„Genau. Aber wenn wir glauben, was die Gäste bei den Befragungen ausgesagt haben, kannte niemand Frau Lindeau zuvor. Es gibt also keine Verbindung, die wir kennen und somit auch kein erkennbares Motiv."

„Wir hatten doch den Eindruck, dass nicht alles gesagt wurde. Vielleicht hat uns ein Gast etwas Wichtiges verheimlicht?"

„Das wird sicher der Fall sein. Wir werden weiter bohren und der Sache auf den Grund gehen. Was wir brauchen sind keine Vermutungen, wir brauchen Beweise. Bisher haben wir nur Spekulationen. Als nächstes werden wir etwas Unruhe stiften und morgen alle Zimmer durchsuchen lassen. Vielleicht stoßen wir auf etwas Interessantes. Möglicherweise entdecken wir eine Querverbindung. Und wir werden eine Fahndung via Intranet starten. Es könnte sein, dass in der unmittelbaren Umgebung auf ähnliche Weise eingebrochen wurde. Verfolgen wir also zwei Spuren."

Peters schaute siegessicher zu Römer, als er sich erhob und seinen Mantel anzog.

Es klopfte an die Türe. Frau Rissmann steckte den Kopf durch die Türe und fragte: „Es gibt bei uns gleich Abendessen. Wollen die Herren mitessen?"

„Nein danke, Frau Rissmann, wir werden gleich aufbrechen. Bitte kommen Sie doch noch einmal kurz herein." Beatrice kam einen Schritt näher und schloss die Türe von innen.

„Frau Rissmann. Sie sagten, dass Sie sich im Büro mit Herrn Mittensen über die kommenden Erkundungen und Ausflüge besprochen hatten. Ist das richtig?"

„Ja das ist richtig."

„Und Herr Mittensen verließ nicht den Raum?"

„Doch, er ging auf die Toilette", bestätigte Beatrice.

„Können Sie uns sagen, wie lange der Toilettengang dauerte?"

Beatrice war verwundert über diese Aufgabe. Sie stockte kurz und meinte: „Nicht länger als zehn Minuten, würde ich sagen."

„Vielen Dank Frau Rissmann. Sagen Sie, bekümmerte oder belastete Sie heute irgendetwas? Ich meine, bevor die Leiche gefunden wurde, als Sie zu Herrn Fennberg und Herrn Roggenstern auf die Terrasse kamen?"

Beatrice schaute verstört. „Ja, wenn Sie das sagen. Ich hatte eine Auseinandersetzung mit den Blums, dem Ehepaar, das bei uns kocht. Es ging um nicht zufriedenstellend durchgeführte Arbeiten."

„Vielen Dank, Sie haben uns sehr geholfen." Mit diesen Worten nahm er seine Tasche. „Wir werden gleich aufbrechen, aber morgen wiederkommen."

Beatrice nickte und sagte: „Selbstverständlich."

Peters lächelte in sich hinein und dachte: Er hat eine gute Auffassungsgabe und ein gutes Gespür für Menschen. Dass ihm das aufgefallen war? Sein Eindruck von Martin Fennberg hatte sich verstärkt.

7

In der Galerie ART-Wellenbach war Christoph Wellenbach im Gespräch mit seinem letzten Kunden. Die Mannheimer Galerie lag zentral, unweit vom Wasserturm entfernt in einer kleineren Seitenstraße. Der Ausstellungsraum verfügte über große Fensterflächen, die sich vom Boden bis hinauf zur Decke zogen und bei Sonnenschein den Raum hell erstrahlen ließen. Die Wände waren weiß gestrichen und am Boden wärmte Eichenparkett den Raum. Die vielen Deckenstrahler zeigten auf die aktuellen Exponate, welche ausschließlich von modernen, regionalen Künstlern erschaffen waren. Herr Wellenbach und sein Kunde betrachteten gerade ein Bild, das den Namen `Die Angebetete´ trug und eine nackte Frau auf goldenem Hintergrund zeigte, die kniend mit gesenktem Blick ihren nicht dargestellten Liebhaber verehrte. Herr Wellenbach deutete Herr Ritter die Aussage des Bildes und schloss seinen Vortrag damit, zu erläutern, dass in der Byzantinischen Kunst die Farbe Gold für die `Ewigkeit´ stünde, sinnbildlich für die Reinheit und Ewigkeit der hier dargestellten Liebe.

„Sehr beeindruckend dieses Gemälde", sagte Herr Ritter. „Und Sie sagten vorhin, dass im Oktober noch mehrere Bilder dieses Künstlers ausgestellt werden?"

„Ganz recht." Er nahm einen Flyer von einem auf dem Tisch liegenden Stapel und überreichte ihn seinem Gegenüber. „Sehen Sie, am 16. Oktober findet die Vernissage statt, an der der Künstler persönlich anwesend sein wird. Anschließend wird die Ausstellung zwei Wochen lang hier zu sehen sein."

„Arnold Weiherfeld", las Herr Ritter. „Von Glaube und Hoffnung."

„So heißt der Titel des Zyklus."

„Ich werde kommen und ich denke, ich werde das eine oder andere Werk käuflich erwerben." Herr Ritter deutete mit seinem Zeigefinger auf das Gemälde.

„Da würde ich mich freuen", sagte Christoph professionell. Er hörte dies des Öfteren am Tag. Aber von einem regen Interesse bis hin zu einem Kauf war es ein langer Weg und die meisten verloren dann doch das Interesse. Christoph verabschiedete sich höflich und ging in ein Separee, um an seiner Buchhaltung weiter zu arbeiten. Da öffnete sich die Türe und zwei Polizisten, eine Frau und ein Mann, betraten den Raum. Pflichtbewusst erschien Christoph im Ausstellungraum und stutzte als er sah, wer gekommen war.

„Sind Sie Herr Wellenbach?", vernahm er die gedämpfte Stimme des Polizisten.

„Ja, der bin ich", sagte Christoph besorgt.

„Könnten wir Sie unter vier Augen sprechen?" Der Polizist deutete auf Herrn Ritter.

„Selbstverständlich, einen Moment." Herr Wellenbach trat zu Herr Ritter und flüsterte höflich, dass er nun die Galerie zuschließen wolle und ob es ihm etwas ausmachen würde, an einem anderen Tag wieder zu kommen. Dankend verabschiedete sich Herr Ritter und Herr Wellenbach verschloss die Galerie.

„Bitte nehmen Sie einen Moment Platz."

„Ja, ich hoffe, es ist nichts Schlimmes passiert?", fragte er ängstlich.

Es entstand eine kurze Pause. Es ist unendlich schwer, jemanden mitteilen zu müssen, dass der Partner verstorben ist, dachte der Polizist. Er räusperte sich und begann: „Sind Sie verheiratet mit Frau Martha Lindeau?"

„Ja, das bin ich."

„Wir haben die traurige Aufgabe, Ihnen mitteilen zu müssen, dass Frau Lindeau heute Mittag verstorben ist."

Christoph ließ sich auf den Stuhl fallen, der in der einen Ecke des Raumes stand und vergrub sein Gesicht in seinen Händen. Er zitterte am ganzen Körper. Die beiden Polizisten standen betreten daneben und schauten anteilnehmend auf den Boden. Schließlich sagte Christoph mit dumpfer Stimme: „Sie war doch nicht krank?"

„Nein, sie starb nicht eines natürlichen Todes."

Christoph sah die beiden Polizisten verständnislos an: „Aber was soll das denn bedeuten?"

„Wir befürchten, dass sie Opfer eines Raubmordes gewesen sein könnte."

„Eines Raubmordes?", wiederholte Christoph ungläubig.

„Es wurden wertvolle Dinge wie Bargeld und Schmuck entwendet."

Christoph erstarrte äußerlich, aber es schien so, als ob sein Kopf fieberhaft arbeitete. „Ich muss mich sofort auf den Weg machen nach Dobel. Ich kann es nicht glauben. Sicher ist es eine Verwechslung. Es muss so sein. Sie haben sicher eine andere Frau gefunden. Nicht meine Martha. Nein, das kann nicht sein, nicht meine Martha!" Er geriet in Rage.

Der Polizist kannte die Reaktion, war es doch oftmals so, dass die Angehörigen einen solchen Schicksalsschlag zuerst einmal verdrängen und andere Lösungen für das Überbrachte suchen. Er sagte: „Nein, bitte, beruhigen Sie sich, Herr Wellenbach. Sie sollen nicht nach Dobel kommen. Der Körper ihrer Frau wird heute noch nach Mannheim überstellt. Dann können Sie sie sehen und identifizieren."

„Wer hat das getan?", fragte Christoph, nachdem er tief durchgeatmet hatte.

„Das wissen wir nicht. Es war ein Raubmord, der Täter ist flüchtig."

Christoph wusste nichts zu sagen. Es gingen ihm unzählige Gedanken im Kopf herum. Schwankend stand er auf.

„Bitte, Herr Wellenbach. Wir begleiten Sie zuerst einmal nach Hause. Bleiben Sie dort und unternehmen Sie nichts. Wir melden uns bei Ihnen, sobald Sie ihre Frau identifizieren können."

Christoph nickte langsam. Er packte antriebslos seine Sachen zusammen und verließ mit den Polizisten gemeinsam die Galerie.

8

Vor dem Abendessen, das heute auf Grund der Umstände viel später stattfand, war die Stimmung gedämpft. Die Blicke waren gesenkt und keiner wusste recht, was man sagen sollte. Beatrice sah es als ihre Pflicht an, nach diesem tragischen Ereignis einige Worte an ihre Gäste zu richten.

„Meine Lieben, heute ist etwas Schreckliches geschehen. Martha Lindeau wurde ermordet und wir alle sind emotional ergriffen. Wir sind ein Teil davon, ob wir es wollen oder nicht. Ich selbst weiß nun nicht mehr, wie es hier mit meinem Retreat-Center weitergehen kann. Mein Traum, hier Gäste zu beherbergen und ein Stück weit glücklich zu machen, ist vielleicht gescheitert. Die Zukunft wird zeigen, was passiert. Ich weiß, dass ihr am liebsten gleich abreisen würdet. Und ich weiß auch, dass ihr alle hier bleiben müsst, bis der Mord aufgeklärt wurde. Also bleibt es mir nur zu wünschen, dass wir gemeinsam diese schreckliche Zeit durchstehen, und, so schlimm es auch sein mag, das Beste daraus machen." Sie neigte den Kopf. „Bitte halten wir, bevor das Essen beginnt, einen Moment inne und gedenken an Martha." Alle standen auf und senkten ihre Blicke.

Nach zwei Minuten wies sie den Blums an, das Essen herein zu bringen. Als alles angerichtet war, verließ sie den Essensbereich und zog sich in ihr Büro zurück.

Während die Gäste zu essen begannen, wurde nichts gesagt. Jeder starrte auf seinen Teller. Karen stocherte in ihrem Essen herum. Schließlich brach sie das Schweigen: „Arme Martha. Wie schrecklich ist dieser Tag gewesen und wie niederschmetternd waren die Eindrücke. Wie sie dort auf dem Boden lag. Niemand wollte, dass so etwas Grausames passiert." Sie ließ ihre Gabel auf den Teller fallen. „Ich bekomme keinen Bissen herunter."

Daraufhin konnte niemand etwas sagen und es entstand wieder eine lange Pause.

Petra hatte ein schlechtes Gewissen. Wie schlimm fand sie Marthas Auftreten, ihr überladenes Gehabe, ihr überfrachtetes Outfit. Und wie niedrig waren ihre Gedanken, als sie sich mit ihr verglich und sie neidisch auf ihren Schmuck war. Dann sah sie Karen von der Seite aus an. Karen hatte eine ähnliche Meinung über Martha. Darüber hatten sie sich ja unterhalten. Wie verabscheute Karen Menschen wie Martha auf Grund des Schicksals ihres Bruders. Und dann geschah das Unfassbare. Martha starb. Das, was sie sich nicht wagte zu denken, geschah tatsächlich. Der Neid war verschwunden, das Schicksal von Karens Bruder gerächt. Petra hasste sich für diesen Gedanken. Sie sackte in sich zusammen.

„Petra, geht es dir gut?", fragte Martin, dem es auffiel, wie bleich Petra geworden war.

„Es geht schon, danke Martin." Erschöpft sagte sie weiter: „Ich hatte eben daran gedacht, wie wir sie gefunden haben und wie schlecht es mir wurde, als ich sie da liegen sah, in ihrem eigenen Blut."

„Wir alle können den Anblick nicht vergessen, ich weiß."

„Ich kann nicht länger hier bleiben, ich muss gehen!" Sie atmete schneller und ihre Stimme bekam etwas Flehendes. „Bitte, ich will nicht hier bleiben. Sagt der Polizei, dass ich unbedingt nach Hause musste. Bitte!" Ihre Augen blickten in die von Karen. „Ich habe unglaubliche Angst."

Karen nahm Petra in den Arm. Diese ließ sich trösten, wie ein kleines Kind, das verletzt war und bei seiner Mutter Schutz suchte.

Martin konnte ihr in diesem Augenblick nicht weiterhelfen. Jeder musste mit seinen Gedanken und Gefühlen selbst umgehen. Professionelle Hilfe wäre gut gewesen. Vielleicht sollte er Herrn Peters morgen danach fragen. Alle saßen betroffen vor ihren halbvollen Tellern.

„Wir müssen hier bleiben, bis der Fall gelöst ist", unterbrach Maximilian schroff das Schweigen. „Wir dürfen nicht abreisen, hat der Kommissar gesagt." In seinen Worten klang etwas Feindseliges.

„Das kann ja lange dauern, bis der Fremde gefasst wird", stimmte Ole mit ein.

„Das stimmt", bestätigte Maximilian. „Es hat keiner was gesehen oder gehört oder? Ich konnte denen zumindest nichts Brauchbares erzählen."

Petra sagte vorsichtig zu Maximilian: „Du warst doch im Haus, als es passierte? Wenn dir nichts aufgefallen ist, wem dann?" Nach einer kurzen Pause fügte sie hinzu: „Ich konnte nichts gesehen haben, ich war ja nicht da."

„Stimmt, du warst im Wald." Er schaute sie herausfordernd an. Petra verstand wohl, was er damit andeuten wollte, blieb aber stumm und entgegnete nichts. „Nein, ich war zwar da, habe aber außer ihrem Gesang nichts gehört", fuhr Maximilian fort.

„Und ich war im Dorf. Ich konnte ihnen auch nicht weiterhelfen. Und es ist mir auch niemand begegnet, der auffällig war", berichtete Karen zu ihrer Verteidigung.

Ole stellte fest: „Martin und ich saßen auf der Terrasse und haben auch nichts gehört oder gesehen, nicht wahr, Martin?"

„Nein, ich habe nichts Außergewöhnliches wahrgenommen", pflichtete Martin bei.

„Dann konnten wir alle der Polizei nicht viel weiterhelfen", stellte Maximilian fest. „Es wird ewig dauern, bis sie den Täter finden. Wenn sie ihn überhaupt finden. Ich bin gespannt, was sie als nächstes vorhaben."

„Der Fremde scheint unverschämtes Glück gehabt zu haben", sagte Martin. Er sah in die Runde und dachte bei sich: Es ist ein großer Zufall, dass niemand etwas gesehen oder gehört hat. Es ist auch ein großer Zufall, dass fast alle Gäste außer Haus waren, als es passierte. Was, wenn es aber kein Zufall war? Was, wenn der Zeitpunkt bewusst so gewählt war? Was, wenn es gar kein Fremder gewesen war? Der Gedanke erschreckte ihn. Wenn dem so wäre, dann müsste es einer der Gäste getan haben? Wieder schaute er in die Runde und stieß ein helles Fiepen hervor. Das konnte er sich nicht vorstellen. Wer hätte denn die Möglichkeit gehabt, den Mord zu verüben? Seine Blicke schweiften von Gesicht zu Gesicht. Karen könnte Martha umgebracht haben und nicht im Dorf gewesen sein, wie sie sagte. Dieser Gedanke schauderte ihn. Petra könnte den Mord ebenso verübt haben, wenn sie nicht im Wald war. Maximilian könnte den Mord verübt haben, denn er war alleine im Haus. Sogar Beatrice und Herr Mittensen könnten den Mord verübt haben. Die Gedanken überschlugen sich. Er wiederholte zwanghaft die vielen Möglichkeiten: Petra, Karen, Maximilian, Beatrice, Mittensen - Petra, Karen, Maximilian, Beatrice, Mittensen. Dabei tippte er bei jedem Namen abwechselnd mit einem der fünf Finger der rechten Hand auf die Tischplatte.

„Ich habe meinem Mann von dem Mord erzählt", unterbrach Karen Martins Gedankenkarussell. „Und dass wir hier bleiben müssen, bis der Mord aufgeklärt ist. Wobei ich lieber früher als später abreisen würde. Er hat angeboten, hierher zu kommen, um mich seelisch zu unterstützen, aber das geht ja nicht wegen der Kinder. Und ich fühle mich so alleine."

Petra sah Karen beneidend an. Ich habe niemanden, den ich anrufen könnte, dachte sie. Dann sagte sie: „Wir unterstützen uns gegenseitig, Karen. Ja. Du bist auch hier nicht alleine."

„Danke dir, Petra." Entschlossen schaute sie in die Runde: „Ich gehe jetzt auf mein Zimmer und telefoniere noch einmal mit meiner Familie. Ich möchte meinen Kindern eine gute Nacht wünschen." Sie verabschiedete sich und verließ den Raum.

Maximilian schaute ihr nach. „Ich habe noch niemanden erzählt von der Geschichte. Ich möchte warten, wie es ausgeht."

Vielleicht ist das das Beste, stimmte Martin zu. Auch er hatte bisher niemanden von dem Mord an Martha Lindeau erzählt.

Petra fühlte sich plötzlich unwohl, da sie alleine mit den Männern zurück im Aufenthaltsraum geblieben und Karen, ihre ˋVerbündeteˊ und ˋGefährtinˊ schon gegangen war. „Ich werde auch zu Bett gehen", sagte sie kurz und verabschiedete sich schnell von der Gruppe.

Maximilian, Ole und Martin blieben alleine zurück. Das Essen war offenbar beendet. Sie schenkten sich ein Glas Rotwein ein und setzten sich auf die Couch.

„Hast du deiner Freundin berichtet, was geschehen ist?", fragte Martin.

Ole antwortete: „Nein. Ich habe es vorgezogen, nichts zu sagen. Ich finde es noch zu verwirrend und ungeordnet."

„Lieber abwarten und dann Entwarnung geben, wenn sich alles aufgeklärt hat", bemerkte Maximilian.

„So ist es", bestätigte Ole. „Und sie ist so sensibel. Sie würde sich die größten Sorgen machen und nicht mehr einschlafen können, bis ich wieder bei ihr wäre", fuhr Ole fort. „Ich hatte einmal einen kleinen Autounfall. Nur ein harmloser Auffahrunfall mit einem leichten Schleudertrauma. Als ich aus dem Krankenhaus anrief, da machte sie sich solche Sorgen. Und sie konnte nicht einschlafen, bis ich am Abend in ihrem Bett lag. ˋIch liebe dichˊ, sagte ich zur Beruhigung. ˋIch liebe dich auch´, sagte Chris. Dann, als klar war, dass ich wieder unbeschadet gesund werden würde, war alles in Ordnung und sie konnte wieder gut durchatmen. Sie ist schon etwas ganz Besonderes, aber furchtbar sensibel." Er schaute verträumt vor sich, in Vorfreude, sie bald wieder sehen zu können.

Martin machte eine bestätigende Geste. Er konnte es sich sehr gut vorstellen, wie sich die junge Freundin Sorgen machte um den Geliebten.

Maximilian hatte eher wenig Verständnis dafür. „Liebe, was tut man nicht für die Liebe." Lächelnd erhob er sich und sagte: „Ich werde nun auch ins Bett gehen und noch etwas lesen. Wünsche euch beiden eine gute Nacht." Er schenkte sich noch einen großen Schluck Wein ein und ging mit dem Glas in Richtung Treppe.

„Arme Petra." Martin machte sich Sorgen. „Sie hat es sehr getroffen."

„Sie ist schwach und einsam", bestätigte Ole. "Das ist mir auch aufgefallen. Sie fühlt ganz anders, als sie sich versucht zu geben. Man kann es ihr deutlich ansehen."

„Wie gut, dass Karen hier ist. Die beiden scheinen sich gut zu verstehen. Sie helfen sich gegenseitig, anders, als wir es können. Von Frau zu Frau."

Ole nickte bestätigend. Martin betrachtete Ole, der in Gedanken versunken da saß. Das Lächeln aus seinem Gesicht war verschwunden. Seine ihm typische Leichtigkeit hatte er für einen Moment abgelegt. Und sein Gesicht bekam plötzlich etwas ungeahnt Reifes.

Als Martin in dieser Nacht in seinem Bett lag, konnte er nicht schlafen, weil ihm unzählige Gedanken im Kopf herum gingen. Er hatte das Zimmer Marthas vor Augen, ihre Stimme, Verdis Ave Maria. Dann immer wieder Karen, Petra, Maximilian, Beatrice und Mittensen. Was sagte er noch gleich? Irgendetwas Wichtiges war es gewesen. Er konnte sich nur vage erinnern. Gegen drei Uhr schlief er ein.

9

Nach dem Frühstück betraten Hauptkommissar Peters zusammen mit Kommissar Römer den Essensraum. Martin war fasziniert von der Pünktlichkeit der beiden Beamten und dachte daran, was als Nächstes folgen sollte. Würden sie wieder verhört werden? Würden sie heute etwas mehr erfahren? Vielleicht hatten sie ja schon eine Spur, die sie heute weiterverfolgen wollten.

„Wir wünschen Ihnen einen guten Morgen", begrüßte Peters freundlich die Gesellschaft. Er sah in die neugierigen Gesichter. „Leider haben wir in der Zwischenzeit keine weiteren Spuren und Ansätze finden können, die uns mehr Aufschluss über den Tathergang geben könnten." Martin sah in die Runde. Maximilian schien sehr angespannt zu sein. Ihn überforderte die Situation. Ole war die Ruhe selbst. Petra und Karen blickten sich einander an.

„Werden Sie heute weitere Befragungen durchführen?", wollte Karen wissen. „Wir haben Ihnen doch schon alles gesagt, was wir wissen." Ihre Stimme klang etwas matt.

„Nein, Frau Randur. Wir werden heute keine routinemäßigen Befragungen mehr durchführen." Karen lehnte sich zurück. „Die Theorie des fremden Täters, der einen Raubmord verübte, konnte jedoch bis jetzt nicht bestätigt werden." Peters sah wachsam in die Runde und hoffte, irgendwelche Reaktionen wahrnehmen zu können. Jedoch geschah nichts Nennenswertes. „Nirgends geschah etwas Vergleichbares, nirgends ist nach dem gleichen Schema eingebrochen worden. Die Wertgegenstände sind nicht aufgetaucht und es wurde nichts abgehoben. Es gibt keinen vergleichbaren Tathergang", wiederholte er, „so dass es entweder eine Einzeltat war oder…", er brach ab.

„...oder es überhaupt kein Raubmord war", vervollständigte Martin nachdenklich den Satz. Alle starrten ihn an.

„Sehr richtig. Und wir es nur glauben sollen, dass es so war. Und dass tatsächlich aber jemand Bekanntes den Mord verübt haben könnte", fuhr Peters langsam und sehr freundlich fort. Nun hatte er eine direkte Andeutung ausgesprochen.

„Wollen Sie damit andeuten, dass es einer von uns war?", fragte Martin direkt.

„Das ist doch absurd", sagte Karen und schüttelte den Kopf. Wir kannten Martha doch vorher nicht und was für einen Grund sollten wir haben, die arme Martha zu töten?" Petra hielt den Atem an. Vielleicht könnten andere glauben, sie hätte einen Grund gehabt. Sie, die Martha nicht leiden konnte und neidisch war. Sie machte sich klein und sagte nichts und hoffte, dass sie nicht bemerkt wurde.

Ole erwachte und meinte: „Das wäre unvorstellbar. Ein Mörder unter uns." Er setzte sich aufrecht hin. „Wie sind Sie auf diesem Gedanken gekommen?"

Peters beantwortete diese Frage nicht direkt: „Es ist nur eine Theorie und es gibt immer zwei Möglichkeiten."

„Na, das müssen Sie erst einmal beweisen", sagte Maximilian schroff.

Peters lächelte. Nun würde er einen Schritt weitergehen: „Und um ganz sicher diese Theorie ausschließen zu können, haben wir uns entschlossen, Ihre Zimmer zu durchsuchen. Vielleicht werden wir ja fündig, vielleicht aber erweist sich diese Annahme als ungerechtfertigt. Wir werden es erfahren. Gerade in diesem Moment sind unsere Mitarbeiter in Ihren Zimmern."

Es machte sich große Empörung breit. Maximilian konnte kaum an sich halten.

„Was fällt Ihnen ein!", sagte er sehr verärgert. „Sie verletzen unsere Privatsphäre."

„In einem Mordfall gibt es keine Privatsphäre mehr, entschuldigen Sie bitte."

„Ich entschuldige nichts! Sie werden sehen, Sie werden nichts finden. Das ist ja ungeheuerlich." Maximilian regte sich auf. Peters fand seine Reaktion sehr aufschlussreich. Er musste etwas verbergen, das hatte er im Gefühl.

Petra blieb stumm und harrte ihrer Dinge, währenddessen Karen zu Ole sagte: „Die beiden sind mir nicht geheuer. Man weiß nicht, was sie im Schilde führen."

„Ich habe nichts zu verbergen", meinte Ole. „Von mir aus können Sie mein Zimmer durchwühlen."

Peters hatte genau das erreicht, was er wollte. Er brachte den Stein ins Rollen und konnte in den Gesichter ablesen, was in ihren Köpfen vor sich ging. Dann öffnete sich die Türe und ein Polizeibeamter trat ein. In der Hand hielt er einen Korb, indem ein samtenes Säckchen, diverse Karten, eine Hand voll Schmuck und einige Geldscheine lagen. Er flüsterte Peters etwas ins Ohr, gab Peters den Korb und verließ den Raum. Peters sagte laut: „Frau Randur, sind das Ihre Kreditkarten und ist das Ihre EC-Karte?"

Karen blickte erstaunt: „Ja, das stimmt, das sind meine Karten, wo haben Sie die gefunden?"

„Und ich nehme an, dass dies Ihre vermisste Perlenkette ist, das Erbstück Ihrer Großmutter?" Er zeigte die in dem samtenen Säckchen aufbewahrte Kette.

„Ja, das stimmt."

„Dann nehme ich an, dass die restlichen Fundsachen Martha Lindeau gehörten."

„Wo haben Sie diese gefunden", wollte Maximilian wissen. Doch Peters ging nicht auf seine Frage ein. Stattdessen sagte er: „Frau Neuzinger, würden Sie uns bitte in das Büro begleiten? Wir hätten einige Fragen an Sie."

Angsterfüllt stand Petra auf und ging in Begleitung der beiden Kommissare in das Büro von Beatrice Rissmann. Die Übrigen schauten ihnen ungläubig nach. Dort angekommen setzte sie sich. Ihr gegenüber nahmen Peters und Römer Platz. „Frau Neuzinger", begann Peters. „Möchten Sie uns etwas mitteilen?" Er sprach wie mit einem kleinen Kind.

Petra schüttelte langsam den Kopf.

„Wir haben den Schmuck, die Karten und das gesamte Bargeld in Ihrem Zimmer gefunden. Es lag alles am Fußende unter Ihrer Matratze. Was sagen Sie dazu?"

Petra öffnete ihre Augen erschrocken: „Ich weiß nichts davon, ich habe diese Dinge nicht genommen!"

„Aber Sie waren dort.", wiederholte Peters und zeigte ihr die Fundsachen.

„Ich habe diese Dinge noch nie in meinem Leben gesehen. Bitte glauben Sie mir. Ich habe nichts gestohlen und auch nicht…" Petra zuckte beim

Beenden des Gedankens zusammen „…Martha erschlagen!"

„Und dennoch haben wir diese Dinge bei Ihnen im Zimmer gefunden."

„Es muss mir jemand einen bösen Streich spielen. Irgendjemand hat mir diese Dinge unters Bett gelegt."

Peters stand auf und ging ein paar Schritte im Zimmer umher. „Sehen Sie, Frau Neuzinger, es hätte folgendermaßen sein können: Sie waren vielleicht nicht im Wald, wie Sie uns erzählten, sondern warteten, bis alle Gäste verschwunden waren. Dann schlichen Sie sich zurück ins Haus und durchsuchten Martha Lindeaus Zimmer. Sie wurden von Martha ertappt und zur Rede gestellt. Sie verloren den Kopf und erschlugen sie."

„Nein, ich habe nichts dergleichen getan!" Blankes Entsetzen spiegelte sich in ihren Augen.

„Anschließend mussten Sie ihre Tat vertuschen und von Martha ablenken. Sie schlichen in das Zimmer von Karen Randur und entwendeten auch dort einige Wertsachen. Somit sah es aus wie ein Raubmord, bei dem nicht Martha die Hauptperson war. Dann öffneten Sie ein Fenster im ersten Stock und schlichen von dort aus dem Haus Richtung Wald, von wo Sie wieder pünktlich zum Kunstkurs erschienen."

„Das ist Wahnsinn, was Sie da sagen. Warum sollte ich die arme Martha umgebracht haben?"

„Weil Sie eifersüchtig waren auf sie. Das haben Sie selbst erzählt." Peters Stimme bekam etwas ungewohnt Scharfes. „Sie waren neidisch auf ihr Leben, weil Sie selbst nicht so ein Leben führen konnten. Es war kein Raubmord, sondern Sie haben sie absichtlich umgebracht und nur versucht, durch die gestohlenen Dinge von diesem Mord abzulenken."

Petra wusste nicht, wo ihr der Kopf stand. Es waren Ungeheuerlichkeiten, die Peters sagte. Wie konnte er ihr das vorwerfen. Sie verachtete ihn.

„Tatsache ist, dass wir diese Fundsachen bei Ihnen gefunden haben", fuhr er wieder gewohnt ruhig fort. „Den Rest können wir nicht beweisen. Aber wenn es so war", Peters erhob den Zeigefinger, „dann werden wir Ihnen das auch beweisen."

Petra war sprachlos. Sie war in die Enge getrieben und eingeschüchtert wie ein junges Reh. Peters wies sie an, das Zimmer zu verlassen. Stumm und beschämt ging sie zu den anderen zurück. Karen fragte sofort: „Was ist geschehen?"

„Sie haben die Wertsachen bei mir im Zimmer gefunden", sagte sie wahrheitsgetreu.

Maximilian stieß einen Pfiff aus und stand auf: „Hast du den beiden die Sachen gestohlen?", fragte er fassungslos.

„Nein", entgegnete Petra schnell.

„Natürlich nicht, so ein Quatsch. Sie hat nichts dergleichen getan." Karen half Petra mütterlich, auf der Couch Platz zu nehmen.

Maximilian erhob sich und kam ganz dicht an die beiden Frauen heran. „Aber die Sachen waren da. Du musst sie genommen haben."

„Wenn ich es doch sage. Ich habe nichts getan", wiederholte Petra flehend.

„Wer soll es sonst getan haben?" Maximilian schaute in die Runde. Es war so absurd, dass einer der Anwesenden etwas Schlimmes verübt haben sollte. Konnte man sich dermaßen täuschen? Auch war es abwegig zu glauben, Petra hätte es getan, aber die Sachen waren nun mal dort gewesen. Es war eine Tatsache.

Das Lächeln war aus Oles Gesicht verschwunden. Hatte er nichts gesagt, wusste er nun, dass es doch kein Spiel mehr war und plötzlich alle unter Verdacht stehen konnten.

Auch Martin dachte sich, dass die Polizei nun jeden hier im Verdacht hatte. Und so sagte er langsam: „Die Kommissare werden jeden von uns verdächtigen, so schaut es aus. Wenn wir Petra glauben, dann muss es jemand anderes gewesen sein", schloss er.

Als Peters und Römer alleine im Büro waren sagte Römer: „Vielleicht war sie es. Die Möglichkeit hätte sie gehabt."

„Und auch ein Motiv. Ich gebe zu, es ist nicht besonders schwerwiegend, aber es ist eines."

„Und meinen Sie, sie hätte die Konstitution gehabt, diesen Mord zu begehen?"

Peters schaute Römer nachdenklich an und meinte: „Ich denke eher nein. Sie ist sehr unsicher und macht einen labilen Eindruck. Ich denke nicht, dass sie so viel gewalttätiges Potential hat, um im entscheidenden Moment zuzuschlagen. Aber angenommen, sie war es nicht. Dann muss ein anderer versucht haben, es ihr in die Schuhe zu schieben. Ein anderer, der gewusst hat, was und wie Frau Neuzinger fühlte."

„Mit wem, denken Sie, würde Frau Neuzinger über private Dinge sprechen?"

„Da denke ich sofort an Frau Randur. Sie scheinen sich gut zu verstehen und tauschten intensive Blicke, als ich vorhin andeutete, dass es einer von ihnen gewesen sein könnte. Vielleicht haben sie sich über private Dinge unterhalten."

„Frau Randur? Aber was für ein Motiv könnte Frau Randur gehabt haben?"

„Das wissen wir nicht." Peters klopfte mit dem Zeigefinger auf die Tischplatte. „Wir müssen beide nochmals befragen, nur so bekommen wir etwas heraus."

Römer ging zu den Gästen und bat Petra und Karen zu ihnen ins Büro. Karen blickte sich hilfesuchend um, als sie aufstand und mit Petra ins Büro ging. Aber die Übrigen schauten sich nur fragend an. Was das zu bedeuten hatte?

Im Büro nahmen die beiden Frauen Platz. Peters begann mit sanfter Stimme, aber wachem Blick: „Frau Randur, wir haben die Wertsachen in Frau Neuzingers Zimmer gefunden. Es sieht so aus, als ob Frau Neuzinger diese entwendet und bei sich versteckt hat. Glauben Sie, dass Frau Neuzinger diese entwendet hat?"

„Natürlich nicht, das ist ganz und gar abwegig."

„Warum glauben Sie das nicht?"

Sie sah Petra an und sagte selbstverständlich: „Schauen Sie an, wie verletzt Frau Neuzinger ist. Alleine der Vorwurf hat sie hart getroffen. Sie ist nicht mehr sie selbst."

Peters nickte und fuhr fort: „Wie würden Sie Frau Neuzingers Persönlichkeit beschreiben?"

Karen war irritiert, dass Herr Peters von ihr verlangte, in der Gegenwart von Petra über sie zu sprechen. Sie blickte Petra an und sprach: „Ich weiß nicht recht, was Sie von mir hören wollen, Herr Kommissar."

„Nun, sie beide scheinen sehr vertraut zu sein."

„Ja, das stimmt. In dieser kurzen Zeit sind wir uns näher gekommen."

„Also, wie würden Sie sie beschreiben", beharrte Peters.

Karen räusperte sich. „Nun, sie ist eine sehr sensible und verletzbare Frau. Ganz anders, als man es äußerlich von ihr erwarten würde. Und sie ist unglücklich und einsam." Petra blickte beschämt zu Boden. War es doch genauso, wie Karen berichtete.

„Sie ist unglücklich und einsam", wiederholte Peters, „deswegen kam sie auch hierher?"

„Richtig", bestätigte Karen, „um Fragen und Antworten zu finden und um Kraft zu schöpfen."

Peters sagte ruhig: „Und dann reiste auch Martha Lindeau an."

Karen nickte. Martha, die Grande Dame, ein Gegensatz, wie er größer nicht hätte sein können.

„Sagen Sie, Frau Randur, was dachte Frau Neuzinger Ihrer Meinung nach von Frau Lindeau?"

„Ich mochte sie nicht besonders gern", sagte nun Petra selbst. „Das habe ich Ihnen bereits gesagt und das ist kein Verbrechen."

„Richtig, Frau Neuzinger, ich möchte es aber gerne von Frau Randur hören."

„Nun, sie waren große Gegensätze", begann Karen. „Sie mochte nicht die Art, wie sie sprach, wie sie sich mit Männern umgab und auch nicht, wie sie sich kleidete. Frau Martha Lindeau war eine sehr selbstbewusste Frau, die genau wusste, wie sie wirkte."

„Und mit welchem Wort würden Sie genau beschreiben, was in ihr vorging?"

„Ich würde sagen, sie war eifersüchtig oder neidisch. Ja, das könnte gut passen. Verzeih Petra, ich muss ehrlich sein." Dabei legte sie ihre Hand auf die von Petra.

„Vielen Dank, Frau Randur. Nun sagen Sie uns, was sie selbst von ihr hielten?"

„Ich?"

„Hatten Sie ähnliche Gedanken?"

„Nein, nicht direkt. Ich….", sie stockte kurz und sagte trocken: „Ich mochte sie auch nicht. Nicht wegen ihres Äußeren, aber wegen ihrer Art. Ich mag im Allgemeinen keine Menschen, die ein leichtes Leben führen. Und das tat sie, so wie sie sich hier präsentierte."

„Können Sie das genauer schildern?", bat Peters.

„Nun ja. Ich bin Mutter, wissen Sie und die Familie ist das höchste Gut, das es gibt. Beständigkeit und Treue, das sind Werte, die ich an einem Menschen schätze. Frau Lindeau kannte diese Werte offenbar nicht."

„Ich verstehe. Vielen Dank, Frau Randur. Lassen Sie uns noch einmal gemeinsam nachdenken. Die Wertgegenstände wurden im Zimmer von Frau Neuzinger gefunden. Wenn sie es nun aber nicht war, wie Sie sagten, dann müsste jemand anderes die Gegenstände dort versteckt haben. Ist das richtig?"

„Ja, das denke ich auch", bestätigte Karen.

„Nun, wie wäre es, wenn *Sie* die Gegenstände bei Frau Neuzinger versteckt hätten?" Er schaute ihr dabei fest in die Augen und sah, wie entrüstet Karen reagierte.

„Ich? Was fällt Ihnen ein? Wie können Sie nur annehmen, dass ich etwas Derartiges unternommen habe?"

„Das ist nur eine logische Schlussfolgerung. Sie wussten, was Frau Randur von Martha Lindeau hielt, Sie kannten ihre labile Verfassung. Und Sie selbst, was noch viel wichtiger ist, verachteten Frau Lindeau ebenso." Er machte eine bedeutende Pause und fuhr mit ruhiger Stimme fort: „Sie hatten ein Motiv und auch die Möglichkeit, den Mord zu verüben."

Karen stand schlagartig auf und verließ mit hochrotem Kopf den Raum.

„Es ist ungeheuerlich, was Sie da sagen!", meinte Petra, als Karen verschwunden war. „So kann es nicht gewesen sein."

„Es ist nur ein Gedankenspiel. Wir müssen jede Möglichkeit in Betracht ziehen."

Peters entschuldigte sich bei Petra für die Unannehmlichkeiten, die mit diesem Gespräch verbunden waren. Und sagte, dass sie nun wieder zu den anderen gehen dürfe.

Im Hinausgehen schüttelte Petra traurig den Kopf. Sie verstand nichts mehr. Was, wenn der Kommissar Recht hätte und Karen ihr das wirklich angetan hätte? Wie sehr hätte sie sich getäuscht. Und wie einsam fühlte sie sich jetzt in diesem Moment. Sie wusste nicht mehr, was sie glauben sollte und wem sie vertrauen konnte.

10

Peters und Römer blieben alleine im Büro zurück. Römer war sichtlich beeindruckt von Peters forschen Art, die Verdächtigen in die Enge zu drängen. Er hätte es nicht gewagt, so direkte Anschuldigungen auszusprechen, obwohl hierfür noch keinerlei Beweise vorlagen. Unsicher fragte er: „Darf man solche Vermutungen aussprechen, obwohl wir ja noch gar nicht wissen, ob sie haltbar sind?"

„Aber natürlich, Römer. Man muss den Stein ins Rollen bringen, wenn man etwas herausfinden will. Ich bin kein Freund davon, lange um den heißen Brei zu reden. Wir müssen sie verunsichern. Wir müssen wachsam sein und genau beobachten. Wenn es jemand aus der Gruppe war, dann wird er oder sie früher oder später einen Fehler machen. Und dann schnappen wir zu."

„Als Nächstes müssten wir nochmals mit Herrn Dörflein sprechen. Sie hatten doch auch das Gefühl, dass er etwas verheimlichte?"

„Richtig. Und ebenso Herr Roggenstern. Aber zunächst ziehen wir uns zurück und lassen die Gruppe beratschlagen. Es wird eine Reaktion geben, da bin ich mir sicher. Später werden wir wieder kommen und Präsenz zeigen."

Zufrieden mit der Situation packte Peters seine Tasche. Im Eingangsbereich traf er auf Beatrice Rissmann. „Wir werden uns für diesen Moment verabschieden, Frau Rissmann. Sorgen Sie dafür, dass der Betrieb ihres Centers so normal wie möglich weitergeht. Die Gäste wollen beschäftigt sein."

Ungläubig antwortete Beatrice: „Wenn Sie meinen, Herr Kommissar. Ich hatte Herrn Ballhaus schon abgesagt, aber wenn Sie es sagen, dann rufe ich ihn nochmals an."

„Ja, sicher, tun Sie das. Die Gruppe wird es Ihnen danken." Mit diesen Worten verließen die beiden Kommissare das Haus. Sie wurden beobachtet von Maximilian Dörflein, der am Fenster stand. „Sie gehen", berichtete er den anderen. "Für heute scheinen sie genug zu haben."

„Hoffentlich kommen sie nicht wieder", sagte Karen verächtlich.

„Das werden wir nicht verhindern können", meinte Martin. „Sie haben heute gegen zwei Personen einen Verdacht ausgesprochen. Sie werden wieder kommen und Beweise dafür suchen."

„Ich bin es nicht gewesen, bitte glaubt mir. Ich habe mit dem Raub und dem Mord nichts zu tun."

„Aber die Polizei glaubt es."

„Ja, weil ich Martha nicht besonders mochte. Sie glauben, dass ich deswegen ein Motiv hätte und sie behaupten, ich hätte, was ganz niederträchtig gewesen wäre … ich hätte es der armen Petra in die Schuhe schieben wollen."

„Wie kamen sie denn darauf?"

„Weil ich wusste, wie sie fühlte. Auch sie mochte Martha nicht. Und sie war neidisch auf Marthas Schmuck, das hat sie mehrfach erwähnt."

„Das stimmt", sagte Petra kleinlaut. „Aber Karen ist bestimmt unschuldig und ich bin es auch." Bittend schaute Petra in die Runde. „Ihr müsst uns glauben."

„Ich glaube euch beiden", sagte Martin ruhig.

„Ich weiß nicht, was ich glauben soll", mischte sich Ole mit ein. „Ich wüsste nicht, wer es sonst getan haben sollte? Und was die Polizei glaubt, könnte doch stimmen?" Er blickte fordernd in die Runde. „Wieso soll es nicht eine der beiden sein?" Er zeigte provokant auf die beiden Frauen.

„Ole!", sagte Martin scharf. „Wir müssen zusammenhalten, nur so können wir uns schützen." Vor Aufregung fiepte er und zuckte energisch mit dem Kopf.

„Ich will aber nicht mit euch zusammenhalten. Ich habe nichts zu verheimlichen. Wieso sollte ich möglicherweise einen Mörder schützen?" Sein Gesicht zeigte den harten Ausdruck, den es gestern Abend auch hatte, als er und Martin zusammen saßen.

„Beruhige dich, du weißt nicht, was du sagst."

„Ich weiß sehr wohl, wovon ich spreche. Und ehrlich gesagt, glaube ich keinem von euch." Was für Ole als Spiel angefangen hatte, wurde schnell harte Realität. Jeder war sich jetzt selbst am nächsten. Aufbrausend verließ er den Raum und setzte sich auf die Terrasse.

„Maximilian, du hast bisher nichts gesagt, was denkst du darüber?", fragte Martin.

„Ich denke, wir müssen zusammenhalten. Dass Petra und Karen die Möglichkeit hatten und ja, vielleicht auch ein Motiv, beweist noch nicht, dass sie es getan haben. Wir müssen vorsichtig sein mit derlei Anschuldigungen."

Martin nickte und er wusste genau worauf Maximilian anspielte. Er war der einzige, der Martha von früher her kannte. „Ich verstehe dich sehr gut. Ihr habt euch vor vielen Jahren das erste Mal getroffen, Martha und du."

Petra und Karen blickten auf.

„Du hast Recht. Wir haben uns vor vielen Jahren das erste Mal getroffen. Das habe ich dir an unserem ersten Abend erzählt." Maximilian schaute in Gedanken versunken an die Decke. „Das war eine schöne Zeit", schwärmte er. „Martha und ich sahen uns regelmäßig und wir lachten viel und sangen, kochten gemeinsam oder gingen in die Oper. Wir waren unbeschwert."

„Und dann hast du Martha geholfen, ihre Karriere aufzubauen. Du hast sehr viel Geld investiert."

„Ja, aber es war ja nur geliehen. Es war vereinbart gewesen, dass sie, wenn sie zu Geld kommen würde, mir alles wieder zurückzahlen sollte."

„Und hat sie es getan?"

„Nein, das hat sie nicht", Maximilian machte eine Pause und blickte Martin an. „Und somit rücke ich in den Mittelpunkt der Ermittlungen, denn auch ich habe ein Motiv."

„Weiß die Polizei von der Verbindung zwischen dir und Martha?"

„Nein, ich habe nichts gesagt. Es wird mich in kein gutes Licht rücken, wenn die Polizei die ganze Geschichte erfährt und weiß, dass ich sie verheimlicht habe."

„Wieso hast du sie nicht wahrheitsgemäß erzählt?"

„Na, ganz einfach. Ich hatte Angst, dass sie mich verdächtigen könnten. Überleg mal, ich hatte die Zeit und die Möglichkeit, es zu tun."

„Ich verstehe." Martin schaute zu Petra und Karen. „Nun liegt es an uns, zu glauben oder nicht zu glauben. Wir haben zwei Möglichkeiten, den Kommissaren deine Geschichte zu erzählen oder zu dir zu halten und nichts zu erzählen."

„Ich stelle euch nicht vor die Wahl. Ich werde es selbst tun. Ich werde zu Kommissar Peters gehen und selbst berichten. Ihr braucht nicht für mich zu lügen."

Petra nickte bestätigend: „Ja, das finde ich gut. Ich würde mich nicht wohl fühlen, wenn ich etwas verheimlichen müsste. Wir würden uns im schlimmsten Fall alle damit schuldig machen." Karen stimmte mit ein. Die vier saßen in Übereinstimmung um den Couchtisch herum und fühlten sich in dem Moment sicher und geborgen.

Beatrice kam in den Aufenthaltsraum und sagte: „Meine Lieben, ich habe Jörg Ballhaus zu uns gebeten. Er soll seinen Yogakurs heute doch halten und ich wünsche mir, dass ihr alle mitmacht. Ihr braucht Entspannung und einen freien Kopf. Die Bewegung wird euch gut tun. Nach allem, was passiert ist, brauchen wir ein bisschen Normalität und ihr seid hier her gekommen, um euch zu entspannen und so soll es auch geschehen. So gut es geht."

„Ist es nicht pietätlos, nach so einem Verbrechen Sport zu machen?", fragte Karen.

„Aber nein, meine Liebe. Martha hätte bestimmt nichts dagegen gehabt. Man kann trauern, aber das Leben geht weiter. Es muss weitergehen." Sie lächelte aufmunternd.

Nach einem anfänglichen Zögern, konnte sich dann doch jeder Einzelne für den Gedanken erwärmen. Es war eine gute Möglichkeit abzuschalten und in sich zu gehen. Die vier gingen in ihre Zimmer, um sich für den Yogakurs vorzubereiten.

Jörg Ballhaus trat über die Terrasse ins Haus. „Eine Tragödie", sagte er mitfühlend. „Das ganze Dorf spricht davon. Sie haben die Polizei gesehen und es geht herum wie ein Lauffeuer."

„Das habe ich befürchtet. Aber was soll ich tun?" Sie blickte ihn fragend an.

„Du kannst nichts tun. Du musst die Dinge geschehen lassen", antwortete er ruhig und vertraut.

„Ja" Sie sah ihn traurig an. „Aber es kostet mich viel Kraft, stark zu sein und weiterhin zu funktionieren. Alle erwarten es von mir. Jörg, ich fühle mich so leer. Da ist die Polizei mit ihren Fragen und ich fühle mich so unbehaglich in ihrer Gegenwart. Und je mehr Ermittlungen sie anstellen, umso mehr verliere ich das Vertrauen. Ich weiß nicht mehr, wem ich glauben kann und wem nicht. Ich frage mich die ganze Zeit: Ist ein Mörder unter uns? Und ich habe furchtbare Angst."

„Bitte, Beatrice, du musst nach innen schauen und auf deine Gefühle hören. Du besitzt eine sehr gute Menschenkenntnis."

„Ich kann es mir einfach nicht vorstellen."

„Dann wird es nicht so sein. Du wirst sehen, es wird sich aufklären."

„Meinst du?", sie wartete einen Augenblick. Wieder schienen ihr Gedanken im Kopf herum zu gehen. Sie sagte: „Und dann habe ich Zukunftsängste, was aus meinem Center werden soll, wenn das hier alles vorüber ist."

„Du weißt nicht, was in der Zukunft passieren wird, Beatrice. Belaste dich nicht mit Zukunftsängsten. Wenn es an der Zeit ist, wirst du dir richtigen Entscheidungen treffen."

„Ja?", fragte sie ungläubig.

„Ja, das denke ich. Jedenfalls ist es ist eine gute Idee, deine Gäste weiter zu beschäftigen." Er lächelte aufmunternd. „Ich werde versuchen, für einen Moment die innere Ruhe und Gelassenheit wieder herzustellen."

„Das wäre sehr schön, Jörg."

Er hielt sie für einen kurzen Moment fest in seinem Arm. Beatrice schloss die Augen. War es das, was sie brauchte? Seelische Unterstützung und ein bisschen Wärme? Sanft küsste er sie auf ihre Stirn.

Die Teilnehmer des Kurses kamen die Treppe herunter. Wie auch bei der ersten Stunde wurde der Kurs im Freien auf dem Platz vor dem Haus durchgeführt. Ritualisiert begann Jörg mit dem Sonnengruß.

Ole nahm nicht an dem Kurs teil und blieb auf der Terrasse sitzen. Er schaute den anderen zu.

Da kam ein silberner Porsche Boxter die Straße entlang gefahren und blieb im Abstand von etwa 100 Metern vor dem Haus stehen. Der Motor wurde abgestellt. Still saß ein Mann darin, der das Haus und die Kursteilnehmer beobachtete. Nach einer Weile stieg der Mann aus. Er war groß und hatte breite Schultern. Die kurz rasierten Haare schimmerten weißgrau. Sein markanter Kiefer wurde von einem Dreitagebart bedeckt. Seine Kleidung war teuer und stilvoll. Mit großen, hellblauen Augen schaute er sehnend nach dem Haus.

„Schau mal, der Mann dort hinten", flüsterte Petra Karen zu, während sie im aufrechten Sitz, dem Muktasana saß. „Er steht da schon eine Weile da und beobachtet das Haus."

Karen öffnete die Augen und drehte ihren Kopf. Sie erblickte den Fremden und sie kniff die Augen zusammen: „Stimmt, ich sehe ihn. Vielleicht ist das auch ein Polizist?"

„Mag sein. Jetzt steigt er wieder in sein Auto." Der Motor wurde angelassen und er kam langsam näher heran gefahren. Nachdem er vor dem Haus angehalten hatte, stieg er aus. Wieder stand er da und starrte auf das Haus. Dann drehte er sich um und beobachtet die Gruppe bei ihren Übungen. Diese führte mittlerweile den `Kamelritt´ durch, eine der Übungen, die Jörg extra ausgesucht hatte, um die geistige Flexibilität und das innere Wohlgefühl zu verbessern. Der Mann schaute von einem zum anderen. Seine Augen blieben bei Maximilian stehen. Sein Gesichtsausdruck veränderte sich und er bekam etwas Verächtliches. Maximilian spürte seine Blicke und drehte sich unweigerlich um. Als er den Mann erblickte, erschrak er.

Beatrice, die bereits durch das Fenster im Büro den Fremden hatte kommen sehen, trat aus dem Haus. Sie sprach ihn höflich an: „Kann ich Ihnen weiterhelfen?"

Der Mann blickte Beatrice traurig an und sagte: „Ich bin Christoph Wellenbach, Martha Lindeaus Ehemann."

„Oh", stieß Beatrice aus. „Natürlich, bitte kommen Sie doch ins Haus."

Christoph Wellenbach schaute nochmals zur Gruppe hinüber und ging mit Beatrice ins Haus.

„Darf ich Ihnen etwas zu trinken anbieten, einen Kaffee?", fragte Beatrice aus Verlegenheit, als er sich auf der Couch niedergelassen hatte.

„Danke, das ist sehr freundlich von Ihnen."

Beatrice verließ den Raum. Christoph saß da und starrte aus dem Fenster. Auf der Terrasse saß Ole, der sich in diesem Moment umdrehte. Ihre Blicke kreuzten sich und sie schauten sich eine Weile lang an. Dann kam Beatrice mit einem Tablett aus der Küche, auf dem zwei Tassen, Milch, Zucker und eine Kanne Kaffee standen. Sie schenkte ihm seinen Kaffee ein und setzte sich ihm gegenüber in einen Sessel. Eine unangenehme Pause entstand.

„Ich musste hierher kommen", sagte er schließlich. „Ich konnte nicht alleine zu Hause bleiben. Ich musste sehen, wo es geschehen ist."

„Ich verstehe Sie gut", sagte Beatrice. „Ich ahnte, dass Sie kommen würden."

„Ich kann es immer noch nicht glauben, dass sie Opfer eines Raubmordes gewesen ist. Das ist unglaublich." Seine blauen Augen schauten matt zu Boden. "Gerade hier. Bitte verstehen Sie mich nicht falsch. Ich werfe Ihnen keineswegs etwas vor."

„Nein, natürlich nicht.", entgegnete Beatrice. Für sie war es ebenso unfassbar gewesen.

„Sie war so voller Leben, wissen Sie? Sie war lebenshungrig und konnte alles in vollen Zügen genießen."

Beatrice wusste, wovon er sprach. Martha hatte sicher alles genossen hier. Vor allem die Aufmerksamkeit der Gäste. Sie stand immer im Mittelpunkt. Selbst Jörg und Jonathan waren begeistert und sie flirtete mit ihnen.

„Und es war meine Idee, dass sie hierher kam, verstehen Sie?", fuhr er fort. „Ich mache mir solche Vorwürfe. Ich dachte, es wäre etwas Besonderes für sie. Etwas, was ihr besonders gut tun würde, wenn sich andere mit ihrer Seele beschäftigen und sie innere Kraft schöpfen könnte, für die kommenden Aufgaben, die auf sie warteten. Sie hatte so viele Pläne. So viele Rollen, die sie noch singen wollte. So viele Konzerte, die sie geben wollte."

Beatrice wusste nichts dazu zu sagen. Wie sollte sie ihn trösten? Sie nickte anteilnehmend.

„Sie war mein Ein und Alles." Er schloss die Augen und atmete tief durch. „Ich liebte sie", flüsterte er leise.

Beatrice hatte tiefes Mitgefühl. Sie konnte sich vorstellen, wie sehr er Martha geliebt hatte. Sie war eine gutaussehende Frau mit einer überschäumenden weiblichen Ausstrahlung und der Fähigkeit, andere in ihren Bann ziehen zu können. Mag sein, dass er davon fasziniert war, dachte sie. Sie sagte ebenso leise: „Ich weiß. Es tut mir aufrichtig leid."

Sie saßen still da. Dann klingelte das Telefon. Beatrice entschuldigte sich und ging in ihr Büro. Armer Mann, dachte sie im Gehen, er ist tief verletzt und in großer Trauer. Nach einem kurzen Moment kam sie wieder zurück. „Es war Herr Peters, der Hauptkommissar. Er wird in wenigen Minuten hier sein. Ich habe ihm erzählt, dass Sie gekommen sind. Bitte warten Sie so lange, er möchte sich mit Ihnen unterhalten."

Gefasst antwortete Christoph: „Natürlich, ich werde bleiben."

Beatrice blieb stumm neben Christoph sitzen. Beide tranken ihren Kaffee. Wie schlimm das sein musste, überlegte Beatrice, seine Frau auf diese grausame Weise zu verlieren. Sie beobachtete ihn. Er saß mit gesenkten Blick da, vertieft in Gedanken. Seine Verzweiflung war ihm anzusehen. Die Stirn war in Falten gelegt und seine Augen fixierten einen unbestimmten Punkt. Nervös rieb er seine Hände. Er ist auch aufgeregt, dachte Beatrice.

Wenige Minuten später öffnete sich die Tür und Peters kam in Begleitung von Römer herein. Als er Christoph erblickte, ging er geradewegs auf ihn zu.

„Mein herzliches Beileid, Herr Wellenbach", sagte er mit gedämpfter Stimme.

„Danke", antwortete Christoph und nickte.

Peters deutete Beatrice an, nun alleine mit Christoph reden zu wollen. Diese verstand sofort, entschuldigte sich und ging ins Büro. Peters setzte sich an ihren Platz. Römer blieb im Hintergrund stehen.

„Wir wissen, Herr Wellenbach", eröffnete Peters, „wie schlimm dieser Schicksalsschlag für Sie sein muss und können sehr gut nachempfinden, wie Sie sich im Moment fühlen müssen. Deshalb wollen wir Sie nicht lange belästigen und bitten Sie, nur einige Fragen zu beantworten. Wenn Sie bereit dazu wären, dann würden Sie uns sehr weiterhelfen."

Christoph blickte Peters in die Augen und sagte entschlossen: „Natürlich. Ich verstehe Sie. Ich werde Ihre Fragen beantworten."

„Vielen Dank, Herr Wellenbach." Peters lächelte kurz. Nachdem er seine Gedanken geordnet hatte fragte er: „Wo waren Sie gestern Nachmittag?"

Christoph sah Peters erschrocken an: „Ich war in meiner Galerie. Wie jeden Tag. Ich bin gerade im Begriff, eine neue Vernissage vorzubereiten. Wieso fragen Sie mich das?"

„Das war eine reine Routinefrage, die wir jedem stellen müssen", beschwichtigte Peters. „Entschuldigen Sie vielmals."

Christoph machte eine versöhnliche Geste. Er verstand prinzipiell, dass der Kommissar jeden unter Verdacht haben musste.

„Wieso sind Sie heute hier hergekommen?", fuhr Peters fort.

„Wieso?", wiederholte Christoph verständnislos. „Ich musste sehen, wo es passiert ist. Ich konnte nicht zu Hause sitzen bleiben. Die Gedanken an Martha und an ihren Tod", er stockte, „ließen mir keine Ruhe. Ich hatte so viele Fragen."

„Und haben Sie Antworten gefunden auf Ihre Fragen?"

„Nein, ich kann es mir nicht erklären, wie so etwas geschehen konnte. Ich muss das Zimmer sehen, ich muss mit den Gästen sprechen. Ich muss…. Martha war…", er brach ab.

„Ja?"

„Martha war so eine wunderbare Frau. Voller Geist und Charme. Ich weiß nicht, wer ihr so etwas antun konnte."

Peters antwortete nicht.

„Wer hat ihr das nur angetan?", Christoph blickte abwechselnd von Peters zu Römer. „Wissen Sie, wer ihr das angetan hat?"

„Nein, das wissen wir noch nicht", sagte Peters ruhig. „Sagen Sie, gab es in Ihrem Bekanntenkreis Menschen, die Martha nicht mochten?"

„Wie meinen Sie das?"

Peters formulierte seine Frage konkreter: „Hatte Frau Lindeau Feinde?"

„Nein, natürlich nicht. Ich meine, sie war eine starke Persönlichkeit. Vielleicht gab es einige, die nicht damit umgehen konnten. Aber Feinde hatte sie sicherlich nicht."

„Ich verstehe." Peters dachte an Petra und Karen. Menschen, die polarisieren, hatten immer Befürworter und Neider. Er fragte: „Gab es hier im Center Gäste, die Martha kannte? Gäste, mit denen sie bereits zuvor in Kontakt war?"

Christoph versuchte sich zu erinnern und sagte dann: „Ich weiß nicht recht, ich habe mich nicht darum gekümmert, als wir den Aufenthalt gebucht haben."

„Wenn ich Ihnen behilflich sein darf", er reichte Christoph ein Papier. „Hier ist eine Liste mit den Namen der Gäste."

Christoph überflog die Namen. Dann hoben sich plötzlich seine Augenbrauen. Er schaute Peters erstaunt an und las laut einen bestimmten Namen vor: „Maximilian Dörflein."

Peters schaute ebenso erstaunt. Mutmaßte er doch, dass Maximilian etwas verheimlicht haben musste.

„Maximilian Dörflein", wiederholte Christoph. „Dieser Name ist mir ein Begriff."

„Erinnern Sie sich, woher Sie diesen Namen kennen?"

„Natürlich. Martha war mit diesem Herrn befreundet."

Peters blickte Römer an und nickte bestätigend.

„Das war noch bevor ich Martha kennen gelernt hatte", erinnerte er sich. „Martha erzählte es mir. Sie hatten sich direkt nach ihrem Hochschulabschluss getroffen nach einem Konzert. Damals stand sie ganz am Anfang ihrer Karriere. Er hat ihr geholfen, Fuß zu fassen."

„Wie kann ich mir das vorstellen?"

„Nun ja, er half ihr finanziell. Bis die Karriere gut lief und sie auf eigenen Füßen stehen konnte."

Peters spitzte die Lippen. Das hatte ihnen Maximilian verheimlicht.

„Und welches Verhältnis hatten Herr Dörflein und Frau Lindeau?"

„Sie waren sehr gute Freunde, soweit ich weiß. Dann aber, als Martha mich kennen lernte, trennten sich ihre Wege. Sie nahm Abstand von ihm. Ich habe Herrn Dörflein nie persönlich kennen gelernt."

„Wissen Sie, warum diese Freundschaft auseinander ging?"

„Nein, das kann ich Ihnen leider nicht beantworten."

Peters hakte noch einmal nach: „Sie sagten, er habe sie finanziell unterstützt?"

„Darüber weiß ich nichts Genaues. Über Geld haben wir wenig gesprochen."

„Und sind noch alte Rechnungen offen?", forschte Peters.

„Das müssen Sie Herrn Dörflein fragen, das kann ich Ihnen nicht beantworten." Sein Ausdruck änderte sich: „Heißt das, dass Herr Dörflein ein Verdächtiger ist? Könnte er meine Martha ermordet haben?" Seine Stimme hob sich.

„Nein, ich bitte Sie, beruhigen Sie sich. Es gibt keinen Grund für diese Annahme."

„Ich muss mit diesem Dörflein sprechen", sagte Christoph schnell.

„Ich bitte Sie, beruhigen Sie sich. Überlassen Sie uns die Ermittlungen." Peters dachte intuitiv, dass es nicht gut wäre, Christoph hier zu behalten. Dass er mit seiner emotionalen Verfassung nur Unruhe stiften und die Ermittlungen erschweren würde. Väterlich sagte er: „Gehen Sie nach Hause. Wir werden uns mit Ihnen in Verbindung setzen, sobald wir mehr in Erfahrung gebracht haben."

Christoph sah die Kommissare ungläubig an. War er doch gekommen, um sich hier umzuschauen, um etwas herauszubekommen. Und nun sollte er wieder gehen, ohne mit den anderen gesprochen zu haben? „Ich möchte mit den anderen Gästen sprechen. Ich will wissen, was Martha in ihren letzten Tagen erlebt hat. Ich will wissen, über was sie gesprochen oder gelacht hat. Ich will wissen, was sie beschäftigt hat. Ich will wissen…", er verstummte kurz. Leise sprach er weiter: „Ich will wissen, wer es getan hat."

Peters atmete tief: „Herr Wellenbach. Vertrauen Sie uns. Wir werden die Wahrheit ans Licht bringen." Er riet ihm: „Versuchen Sie sich abzulenken. Treffen Sie sich mit Ihrer Familie, mit Freunden. Trauern Sie um den Verlust Ihrer geliebten Frau. Fahren Sie wieder nach Hause." Behutsam legte er die Hand auf seine Schulter, „Sie können hier nichts tun."

„Sie sagen, ich soll nach Hause fahren?" Sein Blick war leer.

„Ja, fahren Sie nach Hause. Wir werden Sie informieren", wiederholte er.

Christoph spürte, dass seine Anwesenheit nicht erwünscht war. Er stand langsam auf. Unsicher lenkte er seine Schritte zur Türe. Als er aus der Tür trat, schaute er hinüber zur Gruppe, die noch immer Yogaübungen durchführte. Sein Blick wanderte von einem zum anderen. Als sich seine Blicke und Maximilians trafen, bekam er einen sonderbaren Gesichtsausdruck. Dann stieg er in sein Auto und fuhr davon.

11

Peters schritt hinüber zur Yogagruppe. „Herr Dörflein", sagte er mit durchdringender Stimme: „Wären Sie so freundlich, uns in das Haus zu begleiten?"

Maximilian schaute verzweifelt zu Martin. Er wusste, dass ihm Herr Wellenbach zuvor gekommen war und die Polizei nun von der Verbindung zu Martha wissen musste. Nun musste er sich rechtfertigen und hoffen, dass ihm die Polizei Glauben schenken würde.

Als er in den Aufenthaltsraum trat, schloss Peters hinter ihm die Türe. „Sie haben uns angelogen", begann dieser. „Sie kannten Frau Lindeau sehr wohl. Sie waren mit ihr befreundet."

„Ja, das stimmt", sagte Maximilian kleinlaut.

„Wieso haben Sie uns nicht die Wahrheit gesagt, als wir Sie danach gefragt haben?"

Maximilian schaute Peters entgeistert an: „Weil ich Angst hatte."

„Wovor hatten Sie Angst?"

„Ich, ich war der einzige, der Martha persönlich kannte und nun ist sie tot." Begann er hastig, „Verstehen Sie? Niemand hatte sie zuvor gesehen, aber ich, ich war mit ihr befreundet. Und nun wurde sie ermordet. Es war klar, dass der Verdacht sofort auf mich fallen würde."

„Aber warum?", fragte Peters.

„Weil", er stockte, „weil nur ich in Frage kommen konnte."

Peters sagte nichts. Er deutete mit einer Handbewegung an, dass er mehr wissen wollte. Nach einer Pause fuhr Maximilian fort: „Ich war alleine im Zimmer. Alle anderen waren außer Haus. Es war klar, dass Sie mich verdächtigen würden."

„Nur, wenn Sie ein Motiv hätten." Nach einer Pause fragte er leise: „Hatten Sie ein Motiv?"

Maximilians Blick erstarrte. Er wusste, dass er sehr wohl ein Motiv gehabt hätte. Das Geld, das Sie ihm schuldete. Es war nicht viel, aber es war dennoch ein Motiv. Es sagte leise wahrheitsgetreu: „Sie schuldete mir Geld."

Peters nickte bestätigend.

Maximilian fuhr fort und erklärte: „Ich habe sie unterstützt, vor einigen Jahren. Ich habe ihr ermöglicht, Demoaufnahmen zu machen, Flyer zu gestalten. Ich habe ihr die ersten großen Konzerte finanziert und ihre Garderobe bezahlt. Einfach alles, was eine so talentierte Künstlerin benötigte."

„Und dann?"

Er sagte bitter: „Dann hat sie ihren Mann kennen gelernt, Herrn Christoph Wellenbach, und ich war nicht mehr interessant für sie."

„Sie hat Sie fallen lassen?", fragte Peters.

„Ja", seine Stimme klang erschöpft. „Sie hat mich fallen lassen." Ernüchternd sah er zu Boden.

„Und Sie waren sehr verletzt?"

„Ja, ich war eine Zeit lang sehr verletzt."

Peters blickte ihn an. Er konnte gut die Enttäuschung nachempfinden, die er fühlen mochte.

„Und dann haben Sie sie hier getroffen und zur Rede gestellt?"

„Wie bitte?", er blickte auf.

„Sie wollten eine Erklärung und natürlich auch Ihr Geld zurück. Und als sie dies verweigerte, da haben Sie all Ihrer Enttäuschung Luft gemacht und sie erschlagen?" Peters blickte forsch.

„Nein, natürlich nicht", Maximilian war empört. „Was fällt Ihnen ein? Ich habe nichts dergleichen getan! Ich habe sie nicht erschlagen, das müssen Sie mir glauben!"

„Und wieso sollen wir das glauben?"

„Weil", er brach ab. Er wusste, dass die Polizei es glauben musste: Dass nur er in Frage käme, dass *er* Martha erschlagen hatte, in all seiner Enttäuschung. Leise sagte er: „Weil ich es nicht war."

Peters beließ es dabei. Er sagte, dass Maximilian nun gehen könne. Maximilian verließ gebeugt den Raum.

Peters dachte nach. „Was wissen wir bis jetzt?", fragte er.

Römer überlegte und begann: „Wir wissen, dass Petra Neuzinger ein Motiv hatte und auch die Möglichkeit besaß. Ebenso hatte auch Frau Karen Randur ein Motiv, die Frau Lindeau verachtete. Und sie hatte ebenso die Möglichkeit. Sie könnte auch den Mord verübt haben. Und nun wissen wir, dass Maximilian Dörflein ein Motiv und auch die Möglichkeit hatte."

„Richtig, Römers", pflichtete Peters bei, „und wer kommt nicht in Frage? Wer hatte ein Alibi?"

„Martin Fennberg, Beatrice Rissmann und Ole Roggenstern waren zusammen auf der Terrasse. Sie konnten es nicht gewesen sein."

„Da war doch noch Herr Jonathan Mittensen?"

„Stimmt, der war auf der Toilette, etwa zehn Minuten lang."

Peters dachte angestrengt nach. „Was ist mit Herrn Wellenbach?"

„Der war in seiner Galerie."

Peters biss sich auf die Unterlippe. „Welche Beweise haben wir?"

„Wir haben die Wertgegenstände in Petra Neuzingers Zimmer gefunden."

„Da gibt es zwei Möglichkeiten. Entweder war sie es, die gestohlen und gemordet hatte, oder es war jemand anderes, der es ihr in die Schuhe schieben wollte. Haben wir sonst keine anderen Ansatzpunkte? Lassen Sie uns nachdenken."

„Wir haben die Ergebnisse der Spurensicherung. Diese besagen, dass die Spuren sorgfältig verwischt wurden", sagte Römer kleinlaut.

Peters klopfte nervös mit seinen Fingern auf den Tisch. „Wir haben also bisher nichts in der Hand? Sehe ich das richtig? Nichts als vage Vermutungen?"

Römer nickte. Peters legte seinen Kopf auf die Seite und begann nach einer kurzen Pause: „Dann wollen wir die Sache aus einem andern Blickwinkel betrachten. Wir sind davon ausgegangen, dass es sich hier entweder um einen Raubmord handelte, so wie es sich uns offensichtlich darstellte oder dass der Mord verübt worden sein musste aufgrund der unterschiedlichen Motive, die wir bisher kennen. Wir suchten hier unter den Gästen nach möglichen Gelegenheiten und Motiven für den Mord, richtig?"

Römer nickte.

„Bisher haben wir uns dabei aber noch nicht gefragt, wem der Tod von Frau Martha Lindeau etwas nutzt." Seine Augen blitzten auf.

Römer kam näher an Peters heran. „Sie meinen, wer von ihrem Tod profitiert?"

„Ja, genau. Wer hat einen Vorteil von Frau Lindeaus Tod?"

„Es könnte sich um Geld handeln", überlegte Römer.

„Zum Beispiel. Wir wissen nichts über die finanzielle Situation, in der sich Martha Lindeau befand. Gibt es ein Vermögen, das zu beerben ist? Vielleicht gibt es ein außergewöhnliches Testament?"

„Stimmt. Das haben wir bisher ganz außer Acht gelassen."

„Normalerweise erbt der Ehemann", sagte Peters. „Soweit ich informiert bin, hatte Frau Lindeau keine Kinder."

„Und beide Eltern sind bereits vor einigen Jahren verstorben. Es gibt noch einen Bruder. Er blätterte in seinem Notizbuch."

„Wir müssen unbedingt in Erfahrung bringen, wer Frau Lindeau beerbt. Vielleicht kam sie in den letzten Jahren tatsächlich zu Geld oder es existiert eine Lebensversicherung. Römer, versuchen Sie bei ihrer Bank etwas über ihre finanzielle Situation heraus zu bekommen. Ich fahre zu Wellenbach und erkundige mich über ein mögliches Testament oder über abgeschlossene Versicherungen."

„Wird gemacht."

Motiviert standen Peters und Römer auf, verabschiedeten sich bei Beatrice im Büro und verließen schnell das Haus. Sie stiegen in ihr Auto und fuhren davon.

Der Yogakurs war eben beendet worden. Die Beteiligten schauten den beiden Polizisten nach. Petra fragte Maximilian: „Was haben sie von dir gewollt?"

„Sie wussten bereits, dass ich Martha kannte", antwortete er. „Und dass ich ihr Geld geliehen habe, was ich nie zurückbekommen habe, das wussten sie auch."

„Und haben sie dich verdächtigt?"

„Ich fürchte, ja. Ich denke, dass ich ihrer Meinung nach der Hauptverdächtige bin", Maximilian schluckte.

Petra wusste, wie sich Maximilian fühlen musste. Hatte sie doch das Gleiche durchlebt wie er.

Martin wendete sich an Maximilian: „Maximilian, dir haben sie vorgeworfen, den Mord verübt zu haben?"

„Ja, das haben sie. Sie sagten es mir auf den Kopf zu."

„Genau wie mir", sagte Petra.

„Ja", erklärte Maximilian. „Aber bei dir war es nicht so, dass du den Schmuck gestohlen und versteckt hast, wie sie dir vorgeworfen haben. Dir hat man den Schmuck in Wirklichkeit untergejubelt. Es war also genau anderes herum, als die Polizei gedacht hatte. Ich habe hingegen ein reelles Motiv, die unbezahlte Summe von rund 30 000 Euro."

„Das stimmt", erwiderte Petra mitfühlend.

Martin zuckte heftig mit den Augen. Was hatte Maximilian gerade gesagt? `Es war gerade anders herum, als die Polizei dachte´ wiederholte er in Gedanken. Er wiederholte diesen Satz zwanghaft drei Mal und starrte wie gebannt gerade aus. Wieder kam ihm in den Sinn, wie sie die Leiche fanden. Wie Martha auf dem Boden lag und wie intensiv er den Raum mit seinen Augen durchsuchte. `Es war gerade anderes herum´. Martin hob die Augenbrauen. Aber das konnte doch nicht sein?

„Martin, was ist mit dir?", fragte Petra.

Martin schüttelte den Kopf und blickte Maximilian in die Augen: „Wer hat ihnen verraten, dass du Martha kanntest?", fragte Martin.

„Christoph Wellenbach, Marthas Mann."

„War das der Mann in dem Porsche?"

„Richtig", sagte Maximilian. „Er hat mich im Kommen erkannt. Ich sah es in seinem Blick."

„Äußerlich passte er zu Martha", bemerkte Karen. „Er war sehr gut gekleidet und fuhr einen Porsche. Auf derlei Statussymbole legte sie auch großen Wert."

„Aber was wollte er hier?", fragte sich Martin.

„Ich weiß es nicht. Vielleicht wollte er sich selbst ein Bild machen." Karen hob ihre Schulter. „Und dachte, dass er hier ihrem Mörder auf die Schliche kommen könnte."

„Und wieso wartete er nicht, um mit uns zu sprechen?", fragte Martin. „Er hätte sich mit uns über Marthas letzten Tage und Stunden unterhalten können. Wir hätten vielleicht ungeklärte Fragen beantworten können, die ihm bestimmt durch den Kopf gehen mussten."

„Vielleicht wollte er auch nur den Raum sehen, indem es passierte Und die Trauer überkam ihn und er musste wieder abreisen", meldete sich Petra zu Wort.

„Vielleicht", überlegte Martin.

„Egal. Ich gehe jetzt duschen", meinte Maximilian und verließ die Gruppe. Karen und Petra schlossen sich ihm an. Martin blieb alleine zurück. Er setzte sich zu Ole, der immer noch auf der Terrasse saß.

„Was ist mit dir?", fragte Ole, der Martin aufmerksam betrachtete. „Du schaust ja aus, als wärst du vom Blitz getroffen?"

„Mir ging nur etwas im Kopf herum, Ole. Es ist alles in Ordnung." Er blickte Ole gedankenvoll an. Dieser hatte sein Lächeln wiedergefunden und machte einen zufriedenen Eindruck.

12

Peters stand im Herzen Mannheims vor einem großen Jugendstilhaus, in dem acht Parteien wohnten. Er las die Namen auf den Schildern und drückte eine Klingel. Die schwere Türe öffnete sich und er stieg die Treppe empor in den zweiten Stock. In der geöffneten Türe stand Christoph Wellenbach.

„Herr Kommissar, ich hatte nicht erwartet, Sie so bald wieder zu sehen?"

„Ich hoffe, ich komme nicht ungelegen?"

„Nein, nein. Bitte treten Sie ein." Christoph wies Peters den Weg ins Wohnzimmer. Die Einrichtung war modern. Ein großes graues Sofa thronte in der Mitte des Raumes. Davor stand ein gläserner Couchtisch, auf dem einige Hochglanzmagazine lagen. An der Wand stand ein dunkelbraunes glänzendes Wohnelement, das die Bibliothek beherbergte. Verdeckt in einem Wandregal gab es einen ausschwenkbaren großen Fernseher. An den Fenstern hingen weiße Leinenschals von der Decke herab bis zum Boden. Das Zimmer machte einen aufgeräumten Eindruck. Nichts lag ungewollt herum, nichts war dem Zufall überlassen.

„Wie kann ich Ihnen weiterhelfen?", erkundigte sich Christoph, der einen gestärkten Eindruck machte. „Haben Sie bereits neue Erkenntnisse?"

„Leider nein, Herr Wellenbach. Ich bin zu Ihnen gekommen, weil ich ein paar Fragen an Sie richten möchte. Es gibt etwas, das wir unbedingt wissen sollten."

Christoph hob den Kopf und blickte konzentriert. „Bitte, fragen Sie mich."

„Wie würden Sie ihre Ehe beschreiben. Waren Sie glücklich?"

Christoph bejahte sofort und erklärte kurz: „Wir waren glücklich. Wir ergänzten uns. Unsere Ehe war eine Bereicherung." Dann brach er ab.

Peters wartete einen Augenblick. Er bemerkte, dass Christoph nicht ausführlicher über seine Ehe sprechen wollte. Was mochte wohl in ihm vorgehen? Christoph machte einen ganz anderen Eindruck, als bei ihrem ersten Zusammentreffen im Retreat-Center, dachte er. Er beließ es dabei für diesen Moment und fuhr mit seiner Befragung fort: „War Martha Lindeau eine vermögende Frau?"

Christoph schüttelte den Kopf. „Eher das Gegenteil ist der Fall. Sie war eine Sängerin. Die letzten Jahre hatte sie immer Engagements, aber Sie können sich denken, dass man in der Oper nicht besonders viel verdient. Es sei denn, man zählt zu den Besten."

„Das heißt, Sie konnten gut davon leben, aber es reichte nicht, um viel auf die Seite legen zu können?"

„Richtig. Das Haupteinkommen habe ich mit meiner Galerie verdient."

„Ich verstehe", Peters nickte. „Sie fahren einen teuren Wagen und Sie leben in einer großen Wohnung im Herzen Mannheims."

Christoph verstand die Anspielung. Es entgegnete: „Das Auto ist geleast und die Wohnung nur eine Mietwohnung."

„Ich frage nochmal: Ist Frau Lindeau in den letzten Jahren also nicht zu großem Reichtum gekommen?"

„Nein, das ist sie nicht."

„Wissen Sie, ob Frau Lindeau ein Testament gemacht hat?"

„Nein, Martha und ich haben kein Testament gemacht. Es war klar, dass jeweils der Partner erben sollte, wenn es etwas zu erben gab."

„Und in Ihrem Fall gibt es nicht viel zu beerben?"

„Nein, es gibt nicht viel, was ich erben werde."

Es entstand eine Pause. Peters war von dem Gespräch nicht sehr befriedigt. Es gab keinen offensichtlichen Hinweis auf ein Motiv. Christoph schien sehr gefasst und sehr konzentriert. Peters fragte weiter: „Haben Sie und Ihre Frau eine Lebensversicherung oder etwas Vergleichbares abgeschlossen?"

Christoph reagierte nicht.

Peters fragte nochmals: „Herr Wellenbach, haben Sie oder Ihre Frau eine Lebensversicherung abgeschlossen?"

Christoph räusperte sich. Er rieb sich den Nacken. Zögerlich sagte er: „Ja, wir haben kurze Zeit nach der Heirat eine Lebensversicherung abgeschlossen."

Peters Gesichtsausdruck veränderte sich: „Und können Sie mir sagen, wie hoch die Versicherungssumme ist, die bei einem möglichen Todesfall ausgezahlt wird?"

Verlegen sagte Christoph: „Es ist eine hohe Summe, soweit ich mich erinnere."

„Wie hoch genau?"

„Darum habe ich mich nicht gekümmert", sagte Christoph verärgert, „Das muss ich in meinen Unterlagen nachschauen. Jetzt kann ich Ihnen die genaue Summe nicht mitteilen."

Peters Augen leuchteten auf. „Sie werden in Kürze womöglich eine große Summe ausbezahlt bekommen?"

Christoph schluckte. „Mir wäre lieber, Martha wäre noch am Leben. Was bedeutet Geld, wenn man einem geliebten Menschen verliert?"

„Das ist richtig." Nach einer kurzen Pause fuhr er fort: „Nun, Herr Wellenbach. Sie haben mir sehr geholfen."

Christoph lächelte gezwungen.

„Ich finde den Weg selbst hinaus", sagte Peters und verabschiedete sich.

Die Tür zu Römers Büro öffnete sich. Peters kam herein und verkündete das, was er herausbekommen hatte. Römer war beeindruckt.

„Und konnten Sie bei der Bank etwas Brauchbares herausbekommen, Römer?"

„Ja", erwiderte Römer. „Martha Lindeau besaß nicht viel Geld. Die Gagen waren nicht überdurchschnittlich hoch, obwohl sie in großen Häusern gesungen hat."

Peters bestätigte: „Das deckt sich mit Wellenbachs Aussage."

„Auf Grund der Bewegungen auf Christoph Wellenbachs Konto, das ich ebenso überprüfen ließ, konnte man gut nachvollziehen, dass es höhere Ausgaben gab, als Einnahmen herein kamen. Die Galerie wirft nicht so viel Geld ab und beide scheinen einen eher teureren Lebensstil gehabt zu haben. Auf Dauer kann so etwas nicht gut gehen."

„Das ist es also. Die Geldnot und der zu erwartende Geldsegen könnten ein Motiv für den Mord gewesen sein."

„Aber Wellenbach scheidet als Täter aus. Auch wenn es logisch erscheint. Er hat ein lückenloses Alibi. Wir haben es überprüfen lassen. Es gibt mehrere Zeugen, die berichten, dass er zur Tatzeit in der Galerie war."

„Ich weiß, Römer. Dieser Fall ist knifflig. Entweder es gab die Möglichkeit, aber kein eindeutiges Motiv oder es gibt ein eindeutiges Motiv, aber keine Möglichkeit."

„Und was wollen wir jetzt unternehmen?"

„Wir bleiben am Ball. Ich möchte, dass Wellenbach weiter überprüft wird. Kontrollieren Sie sein Telefon und sein Handy. Ich möchte wissen, mit wem er in den letzten Wochen und Monaten telefoniert hat. Erstellen Sie mit Hilfe des Handys ein Bewegungsprofil. Vielleicht haben wir etwas übersehen."

„Sehr wohl. Wird veranlasst."

Wir werden herausfinden, was geschehen ist, dachte Peters. Hatten sie jetzt doch eine Spur, der sie nachgehen konnten.

Nach dem Mittagessen gab es wie immer Freizeit bis zum Nachmittag, an dem der Kunstkurs stattfand. Petra zog es, wie auch die Tage zuvor, auf diese wunderbare Lichtung, die sie dank Herrn Mittensen bereits am ersten Tag kennen gelernt hatte. Sie war sehr gerne alleine dort und konnte so ihre Gedanken ordnen und Pläne für die Zukunft schmieden.

Martin kam die Treppe hinunter. In der Halle stand Beatrice, die mit ihrem Handy telefonierte. Sie sprach gedämpft und lächelte. Unbemerkt blieb Martin einen Augenblick stehen und beobachtete sie. Als sie sich zufällig umdrehte erschrak sie und beendete umgehend das Telefonat.

„Es tut mir leid, dass ich dich erschreckt habe, das wollte ich nicht", entschuldigte sich Martin.

„Nein, das ist in Ordnung. Wir sehen uns später beim Kunstkurs." Schnell lief sie aus dem Haus, um alles für ihren Kurs vorzubereiten.

Martin blieb einen Augenblick gedankenvoll stehen. Dann trat er auf die Terrasse. Die übrigen warteten bereits auf ihn, um wieder eine Partie Doppelkopf zu spielen.

Maximilian spielte ein Kreuzass aus. „Bitte bedienen, wenn ihr könnt", sagte er. Er blickte in die Runde und sah, dass Ole bereits breit grinste. „Bitte nicht, Ole, du hast doch bestimmt ein Kreuz auf deiner Hand?"

Ole triumphierte: „Nein, Maximilian, leider nicht." Er stach das Kreuz mit Trumpf ab. „Anscheinend hast du heute kein Glück."

Maximilian konnte seinen Ärger nicht unterdrücken und stieß ein undefinierbares Geräusch aus. Das Spiel ging im weiteren Verlauf an Ole, der zusammen mit Karen gegen Maximilian und Martin gewann.

Oles Glückssträhne brach nicht ab. Zufrieden lehnte er sich zurück. Rosa Blum kam auf die Terrasse und brachte Kaffee, den alle dankend annahmen. Die nächste Runde war im Gange, nun war Karen an der Reihe, sie spielte einen hohen Trumpf aus, um von den anderen Mitspielern die Trümpfe zu ziehen. Dies gelang auch. Ole sagte anerkennend: „Du hast mir den Fuchs gezogen, alle Achtung." Karen blickte siegessicher und warf dann eine hohe Fehlfarbe aus. Doch damit hatte sie sich getäuscht und Martin, der noch einen weiteren Trumpf auf der Hand hatte, stach sie ab. So kam es, dass doch Martin und Ole gemeinsam diese Runde gewannen.

Nachdem Martin einen Schluck Kaffee getrunken hatte, fragte er in die Runde: „Glaubt ihr, die Kommissare werden heute noch einmal auftauchen?"

Karen, die die Karten mischte, sagte: „Ich hoffe nicht. Ich fühle mich nicht wohl in ihrer Gegenwart. Außerdem haben sie uns bereits alle befragt. Wir können keine weiteren Auskünfte geben."

„Ja, und es gab einiges Aufschlussreiches, was sie herausfanden oder nicht?", befand Martin. Er stellte seine Tasse ab.

„Richtig", bestätigte Maximilian. „Sie haben jedoch keine weiteren Schritte eingeleitet. Sie haben uns nicht einmal mehr ein weiteres Mal befragt."

„Wahrscheinlich halten sie sich bedeckt", warf Ole ein, „und schnappen zu, wenn sie mehr Auskünfte eingeholt haben."

„Was soll das heißen, Ole?", fragte Karen empört. „Du hältst wirklich einen von uns für schuldig?"

„Einer muss es gewesen sein."

„Ach was, Blödsinn! Offenbar waren die Beweise zu schwach", mutmaßte Karen. „Sie haben nichts gegen uns in der Hand, weil wir es nicht waren. Ich glaube Maximilian und Petra. Es ist absolut unvorstellbar!"

„Das mag sein", sagte Martin, „Aber ich denke, sie werden wieder kommen, mit neuen Erkenntnissen. Das ist sicher."

Karen machte eine unleidliche Geste. Hatte sie sich gefreut, einen entspannten Nachmittag zu verbringen, ohne Mord und Polizei. Musste dieser Martin wieder damit anfangen. „Jetzt habe ich die Lust verloren, weiter zu spielen", sagte sie patzig. „Die Erinnerung an den Mord hat mir die Laune verdorben." Sie stand auf und warf die Karten auf den Tisch. „Ich werde etwas spazieren gehen. Möchte einer von euch mitkommen?"

Maximilian bejahte, trank noch einen Schluck Kaffee und gesellte sich zu Karen. Beide verschwanden in Richtung Dorfmitte. Martin blieb alleine mit Ole zurück.

„Ist das deine ehrliche Meinung, Ole?", fragte Martin.

„Ja, das ist sie. Ich bin mir sicher. Es war einer von den dreien." Mit diesen Worten stand er auf und verließ die Terrasse.

In dieser Nacht konnte Petra sehr schlecht schlafen. Immer wieder ging ihr im Kopf herum, wie Peters ihr vorgeworfen hatte, den Mord verübt zu haben. Sie fühlte sich schuldig, obwohl sie doch nichts Schlimmes getan hatte. Sie drehte sich im Bett unruhig hin und her. Dann dachte sie an Maximilian. War er es gewesen oder konnte sie ihm glauben? Sie war verunsichert. Sie mochte ihn sehr und gleichzeitig fürchtete sie sich vor ihm. Wie schlimm war diese Ungewissheit. Die Ungewissheit, niemandem recht vertrauen zu können. Karen hingegen tat ihr gut. Sie war sehr glücklich, dass Karen mit ihr hier war. Sie hielten zusammen und spendeten sich gegenseitig Trost. Petra schaute auf die Uhr. Halb drei, dachte sie sich. Und noch immer war sie hellwach! Sie lag mit offenen Augen im Bett. Ihre

Gedanken kreisten weiter um die Gruppe. Und dieser Martin, der immer zuckte und komische Dinge sagte. Er machte einen klugen, aber auch komischen Eindruck auf sie. Sie konnte ihn nicht ganz ernst nehmen. Von Ole wusste sie nicht, was sie halten sollte. Ole war so jung und ungestüm. Er sagte unverblümt das, was er dachte. Und offenbar war er vom ganzen Mord ungerührt. Als ob es ihn nichts anginge. Und dann die arme Beatrice. Sie tat ihr mit am meisten leid. Dass dies alles in ihrem Center passierte. Wie sollte es nun weitergehen? Petra spürte ihren Rücken. Er tat weh. Sie setzte sich auf und streckte sich. Nachdem sie ein paar Minuten aufrecht im Bett gesessen hatte, entschied sie sich, aufzustehen. Ihr Zimmer war auf der hinteren Seite des Hauses gelegen und anstelle eines Balkons verfügte das Zimmer über eine kleine Terrasse, die in den Hang hinein gearbeitet war. Sie trat hinaus und spürte den angenehmen Luftzug. Es war eine laue Sommernacht. Sie atmete die frische Nachtluft tief ein und seufzte leise. Alles war still und friedlich. Plötzlich hörte sie leise zwei Stimmen, die aus dem angrenzenden Wald zu ihr hinüber klangen.

„Ich liebe dich", flüsterte die eine.

„Ich liebe dich auch, mein Engel", vernahm sie die andere.

Dann verstummten die Stimmen wieder. Petra stieß ein leises `Oh, Gott´ aus. Sie blieb wie erstarrt stehen. Sie wusste nicht, was sie denken sollte. Schnell huschte sie zurück in ihr Zimmer und schlug die Balkontüre zu. Sie machte die Nachttischlampe an und legte sich wie betäubt hin. In diesem Moment fühlte sie sich wie ein kleines Kind, das alleine im Zimmer schlafen sollte und sich fürchtete und Trost durch das helle Licht erfuhr. Sie lag regungslos in ihrem Bett. Was hatte sie gehört? Sie konnte es kaum glauben. Erst gegen vier Uhr schlief sie ermattet ein.

13

Rosa Blum war gerade dabei das Frühstück anzurichten. Sie deckte den Tisch, stellte Wurst, Käse, Obst sowie Müsli und Joghurt in die Anrichte. Direkt auf den Tisch kamen die Kaffeekannen und heißes Wasser. Teebeutel konnten einzeln entnommen werden. Frisches Brot zum Aufschneiden, Brötchen und Croissants wurden auf einem Extratisch gereicht. Martin war der erste, der zum Frühstück erschien. Er nahm an seinem Stammplatz an der Stirnseite des Tisches Platz. Wie jeden Tag aß er nur eine Schüssel Müsli und etwas Joghurt. Ole und Maximilian kamen zeitgleich die Treppe hinunter.

„Guten Morgen Martin. Gut geschlafen?", fragte Maximilian.

Martin nickte. „Ich habe tief und fest geschlafen."

Während Maximilian seinen Teller füllte, sprach er: „Sehr schön. Ich freue mich schon auf unseren Ausflug heute. Wir wandern hinunter nach Bad Herrenalb."

„Richtig, es geht heute nach Bad Herrenalb", bestätigte Ole. „Und dann wird eine Runde Minigolf gespielt. Direkt am Bahnhof soll ein schöner Minigolfplatz sein, meinte Herr Mittensen."

„Im Minigolf bin ich nicht sehr gut, aber ich will mir keine Blöße geben und spiele natürlich mit."

„Wo ist das Problem?", lachte Ole. „Es muss doch nur die Kugel ins Loch."

„Du hast gut lachen", meinte Maximilian. „Weißt du, wie lange es her ist, dass ich Minigolf gespielt habe?"

Ole schaute Maximilian belustigend an. Dich habe ich in der Tasche, dachte er.

In diesem Moment kam Karen und setzte sich an den Tisch. „Guten Morgen. Ich habe unheimliche Kopfschmerzen heute. Ich hoffe, dass mir der Yogakurs von Jörg hilft. Ich bin so verspannt."

„Kommst du heute Nachmittag mit nach Bad Herrenalb?", fragte Maximilian.

„Na klar, komme ich mit. Ich mag hier nicht alleine zurück bleiben." Sie schaute Maximilian verständnislos an.

„Auf Yoga habe ich heute keine Lust", winkte Maximilian ab. „Ich werde mich auf die Terrasse setzten und mein Buch zu Ende lesen."

Die Tür öffnete sich und Petra kam herein. Sie machte einen müden Eindruck. Hatte sie ja die halbe Nacht wach gelegen. Sie bewegte sich langsam. Unsicher setzte sie sich an den Tisch.

„Guten Morgen, Petra", sagte Karen. „Hast du gut geschlafen?"

Petra blickte Karen ermattet an: „Ich habe fast kein Auge zugetan."

„Arme Petra, hier, trink erst mal einen Schluck Kaffee, der wird dir gut tun." Karen schenkte Petra eine Tasse Kaffee ein.

„Kommst du heute mit nach Bad Herrenalb?", fragte Karen.

„Nein", zögerte Petra, „Ich denke nicht. Ich werde hier bleiben und vielleicht ein wenig spazieren gehen. Ich fühle mich nicht wohl. Ich…" sie brach ab und schaute Karen an. „Ich denke, ich muss heute meine Ruhe haben und etwas nachdenken."

„Ach komm doch mit, das wird lustig", warf Ole ermunternd ein.

Sie blickte Ole an und wiederholte: „Nein, ich muss über etwas nachdenken. Ich will heute alleine sein und nachdenken."

„Schade", sagte Karen. „Dann gehen wir ohne dich. Schöner wäre es, wenn du mitkommen würdest, aber wir verstehen das."

Wie jeden Tag fand nach dem Frühstück der Yogakurs statt. Jörg Ballhaus gab sich Mühe, die Gäste weiterhin zu entspannen. Heute gab er der Tiefenatmung und dem aktiven Ausatmen mehr Raum und Gewicht als sonst. Seine Stimme klang sonor und beruhigend. Karen fühlte, wie sie die Übungen zunehmend entspannten. Petra hingegen konnte sich nicht fallen lassen und machte einen angespannten und in sich gekehrten Eindruck. Etwas schien sie zu beschäftigen. Allerdings wollte sie mit niemanden darüber sprechen. Als der Kurs zu Ende war, standen Petra, Karen und

Martin zusammen. Karen wandte sich an Petra: „Petra, was ist mit dir? Du bist den ganzen Morgen schon so still."

„Nichts, was soll denn sein?"

„Sag du es."

„Mir geht es gut. Macht euch keine Sorgen." Sie winkte ab, nahm ihr Handtuch und ging in Richtung Haus. „Ich nehme jetzt eine heiße Dusche und dann will ich später wieder in den Wald gehen. Ich weiß nicht, was dieser Ort mit mir macht. Aber ich fühle mich so frei dort. Ich kann meine Gedanken loslassen." Sie hielt inne. „Und ich habe das Gefühl, dass ich genau das jetzt brauche."

„Wie du meinst." Karen blickte Petra in die Augen. „Aber du weißt, wenn du mit jemanden reden möchtest, bin ich da für dich."

„Ich danke dir." Petra lächelte und ging auf ihr Zimmer.

Martin, der nichts dazu sagte, schaute Petra nach. Sie ist verändert, dachte er. Irgendetwas ist anders als gestern.

Peters saß alleine in seinem Büro. Er stocherte mit seiner Gabel unmotiviert in seinem vom indischen Schnellimbiss mitgebrachten Mittagessen herum. Angestrengt dachte er über den Fall nach. Die Befragungen der Gäste waren nicht zufriedenstellend verlaufen. Es gab zwar Motive, das wusste er, jedoch keines, das seiner Meinung nach grundlegend für einen Mord ausreichen könnten. Eifersucht, Neid und Missachtung, das waren die Motive von Karen und Petra. Er konnte es sich aber nicht vorstellen, dass eine der beiden den Mord verübt haben sollte. Hatten die beiden die psychologische Verfassung für einen Mord? Zweifelnd schüttelte er den Kopf. Dann war da Maximilian, der ein weit größeres Motiv hatte: Eine hohe Summe, die ihm Martha Lindeau schuldete. Aber er gab dies bereitwillig zu und das missfiel Peters. Würde ein Mörder ehrlich zugeben, dass er ein Motiv hatte? Würde ein Mörder seine Beweggründe und Gefühle offenlegen? Er wollte es nicht glauben. Irgendetwas störte ihn an dem Gedanken, dass Maximilian der Mörder war. Er schob die Aluschale mit dem Essen beiseite.

Es musste logisch gesehen Christoph Wellenbach sein. Er hatte das weitaus schwerwiegendste Motiv. Die Lebensversicherung, die ihm nach dem Tod Marthas eine große Summe auszahlen würde. Aber es war absolut ausgeschlossen, dass er den Mord verübt haben könnte. Er hatte ein lückenloses Alibi und konnte unmöglich nach Dobel gefahren und unbemerkt ins Haus geschlüpft sein, um seine Frau zu ermorden. Peters seufzte. Er war ratlos.

Gespannt wartete er auf Römer, den er mit den Ergebnissen der Überprüfung von Christoph Wellenbach erwartete. Vielleicht hatten sie etwas übersehen. Vielleicht hatte er einen Komplizen oder eine Komplizin. Das wäre die einzige denkbare Möglichkeit.

Es klopfte. Herein kam Römer mit einigen Papieren in der Hand.

„Ich habe Sie schon erwartet", begann Peters. „Haben Sie etwas in Erfahrung bringen können?"

„Wir haben alle Telefonverbindungen von den letzten sechs Monaten durchgesehen. Es gibt einige Nummern, die öfter gewählt wurden im Mannheimer Raum. Wir haben diese überprüfen lassen. Es gab jedoch keine Regelmäßigkeiten, das heißt keine bestimmten Telefonnummern zu bestimmten Zeiten und dergleichen. Wir konnten hierbei keine Auffälligkeiten feststellen und geheime Aktivitäten ablesen."

Peters nickte enttäuscht.

„Dann haben wir die Festnetznummern der Gäste im Retreat-Center überprüft. Es gab keine telefonische Verbindung zwischen Wellenbach und einem der Gäste."

„Was ist mit seinem Handy?"

„Wellenbach hat eine registrierte Handynummer. Auch hier konnten wir keine Verbindung herstellen zwischen ihm und einem der Gäste. Es wurden keine Sms geschrieben, die Anlass geben, misstrauisch zu werden. Anscheinend verwendet es Herr Wellenbach auch nur zu Hause oder in der Galerie. Außer dort oder in der Innenstadt beim Einkaufen und in anderen Alltagssituationen scheint er es nicht mitzunehmen oder einzuschalten."

„Das ist nicht viel", sagte Peters.

„Es gibt noch viele Menschen, die ihr Handy nur für den Notfall benutzen", bemerkte Römer. „Schlecht für uns, dass er kein Internet verwendet und sich sonst auch sehr bedeckt hält, was das Telefonieren angeht. Von seinem Wohnhaus aus gibt es viele Anrufe, die von Handys aus getätigt wurden, auch diese haben wir überprüft, jedoch sind diese auf andere Namen registriert."

Peters senkte den Blick. Er überlegte und sagte: „Es ist einfach unmöglich. Es scheint so, dass Herr

Wellenbach die Wahrheit gesagt hat." Zweifelnd schaute er Römer an. „Den Mord kann er nicht verübt haben und eine Verbindung gibt es nicht. Es sei denn, er war sehr vorsichtig und hat ganz auf moderne Telekommunikation verzichtet."

„Richtig."

„Aber dafür wäre es ganz schwierig, Beweise zu finden. Vielleicht sollten wir seine Schwester befragen oder seine engen Freunde. Vielleicht haben diese etwas Auffälliges gesehen oder gehört?"

„Ich werde es in die Wege leiten und versuchen, gleich einen Termin zu vereinbaren"

„Gut. Und wir gehen wieder zurück zum Anfangspunkt. Es gibt drei Verdächtige. Denken wir noch einmal darüber nach. Irgendetwas Wichtiges müssen wir übersehen haben."

Kurz nach 18 Uhr kam Herr Jonathan Mittensen mit den Gästen zurück zum Retreat-Center. Er bedankte sich für den schönen Ausflug, verabschiedete sich bei Beatrice und verließ das Anwesen.

„Hat es euch gefallen?", fragte Beatrice. „Ihr seht erschöpft aus."

Karen nickte: „Aber ja, es war wunderschön, aber auch recht anstrengend, am Ende wieder den Berg hinauf zu laufen."

Martin ließ sich ganz erschöpft auf einen Stuhl fallen: „Die Natur ist sehr schön hier oben und Bad Herrenalb hat mir auch sehr gut gefallen. Aber so lange Wandern ist doch nichts für mich." Er massierte sich die Waden. „Ich denke, ich werde heute Abend ein Bad nehmen."

„Dann macht euch erst einmal ein bisschen frisch und erholt euch. In einer halben Stunde gibt es Essen", sagte Beatrice.

„Sehr gut, denn ich habe großen Hunger", ließ sich Maximilian vernehmen.

„Ich auch", bestätigte Ole.

Die Gäste liefen erschöpft in ihre Zimmer. Ruhe legte sich über das Haus und Beatrice begann mit den Vorbereitungen für das Essen.

Peters blickte auf die Uhr. Um halb sieben war er mit Mahla Lugert im Café am Wasserturm verabredet. Er saß an einem kleinen runden Tisch und trank einen Latte Macchiato. Die Türe öffnete sich und eine graumelierte große Dame trat herein. Sie trug ein grünes Sommerkleid und hohe Absatzschuhe.

Energisch kam sie auf ihn zu. „Herr Peters?", fragte sie.

„Guten Abend Frau Lugert, bitte setzen Sie sich."

Sie nahm Platz, winkte der Bedienung zu und bestellte einen großen Milchkaffee.

„Vielen Dank, dass Sie sich so kurzfristig zu einem Gespräch Zeit nehmen konnten. Zu allererst mein herzliches Beileid zum tragischen Tod Ihrer Schwägerin."

Mahla bedankte sich. Sie schien großen Anteil an ihrem Tod zu nehmen.

„Nun, Sie werden sich fragen, warum ich Sie sprechen wollte. Ich bin der ermittelnde Kommissar in diesem Mordfall und ich interessiere mich für Martha Lindeau als Person. Mich interessiert, wie sie war und was sie als Mensch ausgezeichnet hat. Vielleicht können Sie mir Ihre Eindrücke schildern?"

„Martha war eine wunderbare Frau", begann Mahla schwärmerisch, „und eine große Sängerin. Ich habe sie sehr bewundert. Sie dachte immer sehr positiv von allen Dingen. Sie sah das Glas immer halb voll, anstelle halb leer. Wenn sie einen Schicksalsschlag erlitten hatte, dann lachte sie und versuchte selbst dann noch etwas Positives daran zu finden, etwas, aus dem sie lernen konnte. Das war es, das muss es gewesen sein, was Christoph, mein Bruder, an ihr liebte. Die beiden ergänzten sich sehr gut. Er war eher der Pragmatische, der Macher, sie war die Feinsinnige, die Energie dahinter."

„Hatten sie den Eindruck, dass die Ehe der beiden glücklich war?"

„Sie machten immer einen glücklichen Eindruck. Die Ehe war ja noch sehr jung. Sie waren ja erst knapp zwei Jahre miteinander verheiratet."

„Ich verstehe."

„Sie sagte immer, man müsse sich Raum lassen und nicht zu sehr an seinem Partner hängen. Ich fand das sehr bewundernswert. Dann würde die Liebe frisch und gesund bleiben."

„Und wie genau sah das praktisch aus?"

„Sie schufen sich Freizeiten. Zeiten, in denen sie Dinge für sich taten. Manchmal verbrachten sie auch ein Wochenende alleine. Sie planten Freiräume ohne den Partner. Sie hatten zum Beispiel unter der Woche feste Tage, an denen sie etwas Unabhängiges unternehmen konnten."

„Von wem ging dieser Vorschlag aus, sich Freiheiten zu schaffen?"

„Oh, das kann ich Ihnen nicht sagen. Ich denke, das hatten beide gemeinsam beschlossen. Martha fand das toll und sie genoss es richtig."

„Und was tat Martha dann in diesen freien Zeiten?"

„Freunde treffen, Essen und einkaufen gehen. Sie sang ohnedies sehr viel in Frankfurt, da war sie oft unter der Woche alleine."

„Und dann trafen sie sich wieder?"

„Genau, sie trafen sich wieder und waren entspannt, erholt und glücklich."

„Und Herr Wellenbach hatte auch Hobbys, die er in diesen Zeiten ausübte?"

„Nein, von einem Hobby weiß ich nichts. Ich nehme an, dass Christoph sich auch mit Freunden traf oder in die Sauna ging oder dergleichen. Ab und zu trafen wir uns auch und gingen spazieren oder tranken einen Kaffee."

„Das klingt sehr interessant", meinte Peters. „Erzählte Herr Wellenbach gerne von sich? Womit er sich beschäftigte, mit wem er sich umgab?"

„Wir redeten meist über Kunst und über seine neuen Projekte in der Galerie. Manchmal erzählte er von schönen Abenden mit Freunden."

„Ist Ihnen dabei irgendetwas Besonderes aufgefallen?"

Mahla überlegte: „Nicht dass ich wüsste. Er erzählte nicht mehr oder weniger, als sonst auch."

Peters fragte sich, ob sie die Wahrheit sagte. Vielleicht würde sie ihren Bruder schützen wollen?

Mahla rührte ihren Kaffee um. Ein Lächeln umspielte ihre Lippen. „Ich bewunderte Martha, wie sie ihr Leben lebte und ich bewundere auch meinen Bruder. Es ist eine große Kunst zu lieben und die Liebe über Jahre hinweg frisch zu halten und interessant zu gestalten. Die beiden waren auf einem guten Weg."

Peters blieb beharrlich und fragte nochmals: „Und ist Ihnen in der letzten Zeit bestimmt keine Veränderung aufgefallen? In dem Verhalten von Martha Lindeau oder Ihrem Bruder?"

„Nein, eine Veränderung gab es nicht. Christoph war vielleicht etwas besser gelaunt in der letzten Zeit. Er war beflügelt oder beseelt."

Peters blickte erstaunt: „Er war beflügelt?", wiederholte er.

„Ja, Martha und er liebten sich eben über alles." Sie nahm einen großen Schluck Kaffee.

Während dem Essen schaute Karen in die Runde. „Petra fehlt. Hat sie jemand gesehen?"

„Nein, sagte Martin, „ich habe sie nicht gesehen. Ich dachte, sie wäre in ihrem Zimmer?"

„Hat ihr denn niemand Bescheid gegeben, dass es Essen gibt? Ich gehe kurz hinauf und hole sie herunter." Karen stand auf und verließ den Raum. Kurze Zeit später kam sie mit einem sorgenvollen Gesichtsausdruck zurück und sagte: „In ihrem Zimmer ist sie nicht. Seltsam. Sie hat bisher noch keine Mahlzeit ausgelassen."

„Dann ist sie bestimmt noch im Wald. Sie wird die Zeit vergessen haben und später zurückkehren", sagte Maximilian.

„Ja, so wird es sein", Karen nickte und setzte sich. Die Gruppe aß genüsslich weiter.

„Das Minigolf hat mir heute besonders viel Spaß gemacht", lachte Ole.

„Ja, du und dein: `Wo ist das Problem?´. Es ist unglaublich, wie viel Glück im Spiel du doch hast!", sagte Maximilian.

„Das ist kein Glück, das ist Können", triumphierte Ole. Die anderen lachten.

Martin dachte bei sich, was für einen schönen Nachmittag sie erlebt und wie gut sich alle miteinander verstanden hatten. Selbst Ole, der viel jünger war als die andern und sich emotional eher absonderte, gliederte sich gut ein. Die Leichtigkeit war wieder zurückgekehrt. Er beobachtete die Gruppe, wie sie dasaßen, aßen und lachten. Nur schade, dass Petra heute nicht dabei war. Ihr hätte dieser Nachmittag sicherlich auch gut getan. Der Mord war für einen kurzen Moment vergessen. Der Mord, dachte Martin weiter, schien unwirklich zu sein. Aber er war da, es war geschehen und jemand musste ihn verübt haben. Wie unwirklich erschien ihm das. Seine Blicke wanderten von einem zum andern. Dann stockte er. Er hatte es fast wieder vergessen. Was war es nochmal, was Maximilian gesagt hatte? Er starrte lange vor sich hin. Dann bekam er ein beklommenes Gefühl. Man musste vorsichtig sein.

Nach dem Essen setzten sich alle mit einem Glas Rotwein auf die Terrasse. Die angeheiterte Stimmung dauerte an. Ole erzählte ein paar Schulwitze und Karen, die sonst nicht so ausgelassen war, lachte aus vollem Halse. Martin schaute ruhig vor sich hin. Sein Gesichtsausdruck war ernst.

„Was ist mit dir, Martin?", fragte Maximilian. „Trink noch ein Glas Wein, der wird dir gut tun."

Martin lehnte ab und sagte: „Ich habe ein ungutes Gefühl. Petra ist noch nicht zurück und ich mache mir langsam Sorgen." Er schaute Maximilian ernst an.

„Ja, sollen wir ihr entgegen gehen?", fragte Maximilian.

„Ja, ich denke, das wäre eine gute Idee."

„Gut, wenn du meinst? Ich kann mich auf den Weg machen und sie suchen."

„Ich komme mit", sagte Martin.

Die beiden gingen den Weg entlang, der hinter dem Haus in den Wald führte. Martin hüpfte immer wieder vor Anspannung. Er sagte nichts. Auch Maximilian lief stumm neben ihm her.

Dann bemerkte Martin dumpf: „Ich hoffe, wir kommen nicht zu spät."

„Zu spät? Wie meinst du das?"

„Ich habe eine Ahnung. Ich hoffe, dass ich mich irre."

Maximilian verstand nichts von dem, was Martin sagte. Stumm liefen sie weiter. Schließlich kamen sie an die Stelle, von der Petra immer berichtet hatte. Doch nirgends war Petra zu sehen.

„Sie ist nicht mehr da. Wahrscheinlich ist sie auf einem anderen Weg heimgelaufen und sitzt schon bei den anderen auf der Terrasse", meinte Maximilian. „Lass uns wieder zurückgehen."

Doch Martin bat: „Lass uns hier ein wenig umsehen. Bitte." Maximilian verstand nicht, was Martin im Schilde führte. Ihm zuliebe begann er sich umzusehen.

Die Lichtung war klein, umgeben von dichten Mischwald, wie ein geschützter Raum. Martin verstand, was Petra hier empfand. Es war das Zusammenspiel von Freiheit und Geborgenheit. Am anderen Ende der Lichtung war ein aufgestapelter Holzhaufen. Martin lenkte seine Schritte dort hin. Maximilian blickte ihm nach. Dann sah er, wie Martin erstarrt stehen blieb. „Was ist, Martin?", rief er. Dieser antwortete nicht. „Martin, was ist?" Maximilian lief schnell zu ihm hin. Da erschrak er furchtbar. Hinter dem Holzhaufen lag Petras lebloser Körper.

14

Beide starrten Petra an, wie sie da lag, zusammengesackt. Martin konnte ein Grunzen nicht unterdrücken und zuckte heftig mit dem Kopf. „Sie...

sie wurde erwürgt", sagte er stockend. „Schau, am Hals sind Würgemale."

Maximilian beugte sich zu Petra hinunter und betrachtete ihren Hals. „Es sieht so aus, als ob sie mit einem Strick oder einem dünnen Gürtel stranguliert worden ist. Arme Petra, wie konnte man ihr das antun."

Martin sagte schnell: „Wir müssen die Polizei verständigen. Die Polizei verständigen", wiederholte er zwanghaft und schaute dabei über seine linke Schulter. Er atmete tief durch. Dann betrachtete er Petra genau. „Ich vermute", begann er, „dass sie erwürgt und anschließend hier her gezogen wurde. Schau, dort gibt es Schleifspuren auf der Erde."

„Ja, du hast recht", bestätigte Maximilian.

„Sie liegt da wie weggeschmissen", sagte Martin traurig. „Wie, wenn man sich eines alten Kleidungsstücks entledigt, wurde sie einfach entsorgt." Ihm wurde schlecht. Er hatte heute den ganzen Tag schon so ein komisches Gefühl gehabt und nun hatte es sich bewahrheitet. „Maximilian, geh du zu den anderen und verständige die Polizei. Ich halte Wache bei der Toten."

Maximilian machte sich sogleich auf den Weg. Martin setzte sich auf das gestapelte Holz und betrachtete Petra. Sie war heute sehr verändert. Anders als gestern.

Irgendetwas musste geschehen sein. Irgendetwas musste ihre Stimmung verändert haben. Hätte er doch mit Petra gesprochen. Hätte er doch Petra überredet, mit nach Bad Herrenalb zu gehen. Dann wäre das vielleicht gar nicht geschehen. Er hatte starke Schuldgefühle. Petra hatte sich heute anders benommen. Aber was könnte der Auslöser dafür gewesen sein? War es ein Gespräch, das sie geführt hatte? Er überlegte krampfhaft. Mit wem hatte sie heute geredet? Mit Karen, mit Ole und mit mir. Aber es wurde nichts Eindeutiges gesprochen. Er konnte sich keinen Reim darauf machen. Wieder schaute er Petras Leichnam an. Hatte Petras Tod etwas mit Marthas Tod zu tun? Er konnte es sich nicht erklären, aber intuitiv dachte er, dass diese beiden Morde zusammenhängen mussten. Martha und Petra, was hatten diese beiden Frauen gemeinsam? Er überlegte weiter und kam zu dem Schluss, dass für Petras Tod alle aus der Gruppe ein Alibi hätten, da der Mord stattgefunden haben musste, als sie gerade nach Bad Herrenalb hinuntergestiegen waren. Sie waren auch sonst den ganzen Tag zusammen gewesen. Es konnte also keiner aus der Gruppe gewesen sein. Er kniff die Augen zusammen und seufzte. Da kam ihm wieder der Fremde in den Sinn. Ein Außenstehender, der beide Morde verübt haben könnte. Das wäre die logischste Lösung gewesen. Anders hätte es nicht sein können, unmöglich. Denn jemand aus der Gruppe konnte nicht die beiden die Morde verübt haben. Er schüttelte den Kopf. Aber was für ein Motiv konnte ein Fremder gehabt haben? Er war ratlos. Ich muss genauer nachdenken. Erinnere dich genau, wer, was und wann gesagt hatte, sagte er sich. Aber er konnte sich im Moment nicht mehr genau daran erinnern. Zu aufgeregt war er und ihm war schlecht. Wieder schaute er Petra an. Wie grausam und endgültig ist der Tod, dachte er. Er zuckte seit dem Entdecken der Leiche stark mit dem Kopf und stieß unartikulierte Laute von sich. Sein Gehirn war angespannt und scheinbar blitzte es in seinem Kopf unaufhörlich. Er atmete tief durch und versuchte sich zu beruhigen. Die Minuten verronnen langsam.

Als er Stimmen vernahm, war es ihm, als sei eine Ewigkeit vergangen. Karen, Maximilian, Ole und Beatrice kamen schnellen Schrittes zur Lichtung gelaufen. „Dort hinten ist es. Dort, wo Martin sitzt", sagte Maximilian.

Still traten die anderen an die Stelle, an der Petra lag. Karen fing an zu weinen. Sie war sichtlich getroffen. „Wie konnte das nur geschehen? Wer hat ihr so etwas Grausames angetan?"

Maximilian nahm Karen behutsam in den Arm und tröstete sie. Ole sagte nichts. Er schaute betreten.

Beatrice seufzte und sagte: „Es ist eine Tragödie. Zwei Morde innerhalb einer Woche. Das ist unfassbar."

„Habt ihr die Polizei verständigt?", fragte Martin.

„Selbstverständlich. Sie wird in Kürze eintreffen. Ich habe Herrn Mittensen angerufen. Er ist jetzt im Haus und wartet auf die Polizei. Er wird sie hierher führen."

Nachdem die Spurensicherung den Fundort abgegrenzt, einige Fotos geschossen hatte und die Leiche abtransportiert war, machte sich die Gruppe zusammen mit Herrn Peters und Herrn Römer auf den Weg zurück ins Retreat-Center. Einige Polizisten blieben dort, um weitere Spuren zu suchen. Im Center angekommen, versammelten sich alle Beteiligten im Aufenthaltsraum. Peters bat zuerst Beatrice ins Büro. Römer saß wie immer im Hintergrund. Gefasst trat sie in den Raum.

„Frau Rissmann, bitte setzen Sie sich." Er zeigte auf den freien Stuhl, der ihm gegenüber stand. „Es ist eine Tragödie, dass heute ein zweiter Mord verübt wurde."

Beatrice stimmte mit matter Stimme ein: „Es ist unfassbar. Wie konnte das nur geschehen."

„Ist Ihnen heute etwas Sonderbares aufgefallen? Oder etwas Unvorhergesehenes?"

Beatrice dachte nach und sagte: „Nein, mir ist nichts aufgefallen. Alles ging seinen gewohnten Gang. Die Gäste waren wieder zur Normalität zurückgekehrt und die Stimmung war ausgesprochen ausgelassen."

„Galt das auch für Frau Neuzinger?"

Beatrice überlegte: „Nein, Sie haben Recht. Frau Neuzinger war heute etwas, wie soll ich sagen, schlecht gelaunt."

„Sie war schlecht gelaunt?", wiederholte Peters.

„Ja, sie verhielt sich heute zurückgezogen. Fast schon gehemmt. Das war mein Eindruck."

„Gab es eine Auseinandersetzung oder einen Streit?"

„Nein, davon ist mir nichts bekannt. Ich sagte ja, dass die Stimmung gut war."

„Können Sie sich vorstellen, was der Auslöser für die Stimmungsschwankung gewesen sein konnte?"

„Nein, da kann ich Ihnen nicht weiterhelfen. Fragen Sie Frau Randur. Die beiden Frauen verstanden sich gut. Vielleicht kann sie Ihnen in diesem Punkt weiterhelfen."

Peters machte eine dankende Geste und fuhr fort: „Frau Rissmann, können Sie uns schildern, wo sich alle im Haus lebenden Gäste heute aufgehalten haben?"

Beatrice seufzte und begann: „So weit ich weiß, verbrachten alle Gäste den ganzen Tag zusammen. Nach dem Frühstück gingen alle auf ihr Zimmer, um sich für das Yoga vorzubereiten. Dann war der Yogakurs. Herr Dörflein machte heute nicht mit, sondern saß auf der Terrasse und las ein Buch. Nach dem Kurs setzten sich alle zusammen auf die Terrasse zu Herrn Dörflein. Ja, und dann gab es schon bald Mittagessen. Nach dem Essen entschloss sich Petra, alleine loszugehen."

„Wann war das ungefähr?", fragte Peters.

„Das muss gegen 13 Uhr gewesen sein."

„Und seit diesem Zeitpunkt verließ niemand das Anwesen? Niemand aus der Gruppe verschwand für eine bestimmte Zeit?"

„Nein, niemand, soweit ich das gesehen hatte. Denn alle freuten sich schon auf den Ausflug, den sie zusammen mit Herrn Mittensen machen wollten. Sie sprachen viel darüber. Herr Mittensen kam um 14 Uhr und holte die Gruppe ab."

„Um 14 Uhr kam Herr Mittensen, sagten Sie?"

„Ja das stimmt. Um 14 Uhr sollte die Wanderung losgehen und bis zum Abendessen andauern."

„Sie haben ein gutes Erinnerungsvermögen."

Beatrice errötete: „Seit dem Tod von Frau Lindeau habe ich mehr als vorher ein Auge auf meine Gäste gelegt.

„Sagen Sie, dieser Herr Mittensen. Sie kennen ihn gut?"

„Herr Mittensen ist hier im Dorf ein bekannter Mann. Er wurde hier geboren und kennt die Gegend sehr gut. Seit Jahren macht er Fremdenführungen. Er ist eine Seele von Mensch."

„Könnten Sie sich vorstellen, dass Herr Mittensen in irgendeiner Beziehung zu Frau Lindeau oder zu Frau Neuzinger stand?"

Beatrice sah Peters entgeistert an. „Natürlich nicht", sagte sie schnell. „Ich lege für Herrn Mittensen meine Hand ins Feuer."

Peters nickte. Beatrice war eine gute Beobachterin, dachte er, und hatte eine gute Menschenkenntnis. Er glaubte ihr und bedankte sich für das offene Gespräch. Als Beatrice das Zimmer verlassen hatte, blickte Peters Römer fragend an. Er schlug mit seiner Faust auf den Schreibtisch: „Verdammt. Es kann nicht möglich sein! Wir haben einen zweiten Mord. Und alle möglichen Verdächtigen des ersten Mordes haben ein sicheres Alibi."

„Richtig, wenn wir Frau Rissmann glauben."

„Das werden wir noch überprüfen." Er stand auf und lief aufgeregt im Raum hin und her. „Welches Motiv könnte der Mörder gehabt haben, Frau Neuzinger umzubringen? Das macht doch keinen Sinn! Was haben denn Frau Neuzinger und Frau Lindeau gemeinsam? Wenn wir einmal davon ausgehen, dass beide Morde in irgendeiner Weise zusammenhängen."

„Hängen die beiden Morde zusammen?"

„Das wäre ein sehr unrealistischer Zufall, wenn die beiden Morde unabhängig voneinander geschehen wären. Nein, daran glaube ich nicht. Die Morde hängen zusammen, aber warum, das gilt es herauszufinden."

„Vielleicht spielt Eifersucht eine Rolle?"

„Vielleicht hat jemand eine Affäre mit einer der beiden Frauen gehabt haben." Peters schüttelte den Kopf. „Aber dafür gibt es keine Anzeichen. Und warum mussten dann beide Frauen sterben?"

„Vielleicht hatte die eine etwas herausbekommen?"

„Das könnte sein. Aber mit Spekulationen kommen wir nicht weiter." Ratlos sagte er weiter: „Wir werden zuerst einmal Frau Randur befragen, was sie glaubt, warum Frau Neuzinger heute Stimmungsschwankungen hatte. Vielleicht kann sie uns weiterhelfen? Und dann, Römer, statten wir morgen früh Herrn Wellenbach einen Besuch ab und fragen, wo er sich heute tagsüber zwischen 13 und 16 Uhr aufhielt."

Römer öffnete die Türe und bat Frau Randur ins Büro zu kommen. Karen hatte gerötete Augen und tiefe Augenringe. Sie nahm am Tod von Petra Neuzinger sichtlich Anteil.

„Bitte kommen Sie doch herein", sagte Peters freundlich.

Karen nahm auf dem Stuhl Platz und schaute traurig zu Herrn Peters.

„Frau Randur, ist Ihnen heute etwas Besonderes am Verhalten von Frau Neuzinger aufgefallen?"

„Ja", begann Karen, „sie war verschüchtert und stiller als sonst."

„Wollte sie mit Ihnen über ihre Gefühle sprechen?"

„Normalerweise schon. Doch heute wollte sie alleine über etwas nachdenken."

Peters Augenbrauen hoben sich: „Sie wollte über etwas nachdenken?"

„Ja, sie wollte alleine sein und sich in ihren Gedanken über irgendetwas im Klaren werden."

„Wann denken sie, kam ihr dieser Gedanke?"

„Das muss am frühen Morgen gewesen sein oder in der Nacht. Heute Morgen, als ich sie sah, war sie schon in dieser Verfassung."

„Ich danke Ihnen, Frau Randur. Sagen Sie, wie haben Sie und die anderen heute den ganzen Tag verbracht?"

Karen erzählte in allen Einzelheiten, was sie heute erlebt hatte. Sie erzählte vom Frühstück, dem Yoga, dem Mittagessen, den vielen Witzen von Ole und schließlich vom schönen Ausflug nach Bad Herrenalb und wie sie anschließend Petra fanden.

„Und Sie sind sicher, dass Sie den ganzen Tag über gemeinsam verbracht haben. Dass es keine Möglichkeit gab, für den einen oder den andern sich eine gewisse Zeit lang zurückzuziehen?"

„Nein, die Stimmung war so gut und wir verstanden uns alle. Keiner wollte sich zurückziehen."

„Ich danke Ihnen, Sie haben uns sehr geholfen." Frau Randur verließ erleichtert den Raum.

Nachdem Peters auch mit Martin, Maximilian und Ole gesprochen hatte und alle drei die gleiche Geschichte erzählten, sah er es nun als erwiesen an, dass keiner aus der Gruppe es getan haben konnte. Wie sollte es sich zugetragen haben, fragte er sich? Sollte doch wieder

der Fremde eine Rolle spielen und sollte es doch ein Raubmord gewesen sein? Und Petra war irgendetwas aufgefallen, was ihr ins Bewusstsein kam so dass der Mörder sie nun auch töten musste? Aber wie hatte der Täter von ihrem Wissen erfahren? Peters hatte keinen rechten Ansatzpunkt. Er hatte nichts zum Vorweisen.

Am nächsten Morgen standen Peters und Römer vor Christoph Wellenbachs Tür und klingelten. Nach wenigen Augenblicken öffnete sich die Tür. Ihnen gegenüber stand Christoph Wellenbach im Morgenmantel, dicken Socken und einer Tasse Tee in der Hand.

„Bitte, kommen Sie herein. Ich hatte Sie so schnell nicht wieder erwartet." Er führte die Kommissare ins Wohnzimmer. Römer war sichtlich beeindruckt von der stilvoll eingerichteten Wohnung. Peters begann direkt und ohne Umschweife: „Herr, Wellenbach, gestern wurde im Retreat-Center Frau Petra Neuzinger ermordet. Sie wurde mit einem dünnen Gürtel rücklings erwürgt." Er sah dabei Christoph fest in die Augen.

Christoph schloss die Augen für einen kurzen Moment und seufzte tief. „Das tut mir aufrichtig leid", sagte er matt. „Ich kann mir nicht erklären, wer das getan haben sollte."

„Hatten Sie zu Frau Neuzinger in irgendeiner Weise ein Verhältnis?", fragte Peters direkt.

„Nein, wie kommen Sie darauf? Ich weiß noch nicht einmal genau, wer das ist. Ich war einmal dort im Retreat-Center und habe die Gäste nur aus der Ferne gesehen. Sie wissen, dass ich nur Herrn Dörflein aus den Erzählungen meiner Frau kannte."

„Stimmt, das haben Sie uns erzählt." Er zögerte einen Moment und fragte dann: „Wo waren Sie gestern zwischen 13 und 16 Uhr?"

Christoph sagte selbstverständlich: „Ich war zu Hause. Ich hatte die ganze Nacht gebrochen und Durchfall. Ich bin nicht in die Galerie gegangen. Herr Brandner, ein Freund, der einen Schlüssel zur Galerie besitzt, hat ein Schild in die Tür gehängt, dass sie aus Krankheitsgründen geschlossen bleiben müsse."

„Sind Sie den ganzen Tag in der Wohnung geblieben?"

„Ja, ich lag den ganzen Tag im Bett, habe Tee getrunken und mich ausgeruht."

„Und gibt es hierfür Zeugen?"

„Nein, ich fürchte nicht. Es kam mich niemand besuchen."

Peters dachte nach. Klangen Christophs Ausführungen aufrichtig und nachvollziehbar. „Wo steht Ihr Auto?"

„Mein Auto steht in einer Nebenstraße. Beethovenstraße heißt sie. Es ist hier ungeheuer schwierig, Parkplätze zu finden. Einen Tiefgaragen- oder Außenstellplatz gibt es zu dieser Wohnung nicht."

„Vielen Dank, Herr Wellenbach. Ich wünsche Ihnen gute Besserung. Wenn wir noch weitere Fragen haben, dann werden wir uns an Sie wenden." Mit diesen Worten verließen Peters und Römer die Wohnung. Als sie im Treppenhaus standen, sagte Peters zu Römer. „Er ist krank. Ein guter Zeitpunkt, nicht in der Galerie zu erscheinen, was?"

Römer bemerkte: „Vielleicht ist sein Magen-Darminfekt psychosomatisch? Er hatte viel emotionalen Stress in den letzten Tagen."

„Ja, das kann schon sein. Wir werden auf alle Fälle alle Nachbarn befragen, ob Wellenbach gestern das Haus verlassen hat. Irgendjemand muss doch etwas gesehen haben. Und anschließend sehen wir uns an, wo der Wagen steht."

In dem Wohnhaus wohnten acht Parteien. Nur eine alte zerstreute Dame war zu Hause und beantwortete bereitwillig die Fragen der Kommissare.

„Sagen Sie uns, Frau Stein, Sie kennen ihren Nachbarn, Herrn Wellenbach."

„Ein ausgesprochen höflicher Mann", unterbrach ihn die Frau, die ihre weißen Haare aufgetürmt zu einer Hochsteckfrisur trug.

„Sehr richtig. Sagen Sie, konnten Sie beobachten, ob Herr Wellenbach gestern Nachmittag das Haus verließ?"

„Gestern? Ach wissen Sie, ich sehe am Nachmittag meistens fern. Da kommen immer so schöne Heimatfilme oder Dokumentationen über Tiere, die sehe ich am liebsten. Mein Sohn hat mir neulich erst meinen neuen Fernseher eingestellt und jetzt bekomme ich so herrlich viele Programme."

„Sie haben gestern am Nachmittag ferngesehen?"

„Ja, ich habe einen Film über Affen gesehen."

„Und ist Ihnen da etwas Besonderes aufgefallen?"

„Affen sind sehr intelligent", sagte Frau Stein wahrheitsgemäß.

Peters dachte, so kommen wir nicht weiter. Normalerweise sind ältere Menschen eher neugierig, aber diese Dame scheint nicht bemerkt zu haben, was außerhalb ihrer Wohnung passierte. Laut fragte er: „Sagen Sie, wie und wann können wir die anderen Bewohner im Haus sprechen? Im Moment ist niemand da.“

Frau Stein antwortete: „Sie arbeiten am Tag. Tagsüber ist niemand hier.“

Peters war enttäuscht. Er bedankte sich bei der alten Dame und verließ das Haus. „Es scheint niemand da gewesen zu sein, der Wellenbach gesehen haben könnte. Ist das nun alles ein Zufall, hatte Wellenbach einfach so viel Glück oder war das alles so geplant?“

„Oder er sagt die Wahrheit und war wirklich alleine zu Hause in der Wohnung.“

„Mag sein. Suchen wir jetzt das Auto. Vielleicht ist eine Bäckerei oder etwas Vergleichbares in der Nähe, so dass einer vielleicht bemerkt hat, ob der Wagen fort gefahren ist.“

Peters und Römer gingen in die Beethovenstraße. Nach einigen Minuten sahen sie den Wagen in einer Parklücke stehen. Sie schauten sich um, aber es war weit und breit kein Geschäft zu sehen, nur Wohnhäuser. „Es wird schwierig sein, Zeugen zu finden, die mit Sicherheit sagen können, ob der Wagen gestern Nachmittag schon da stand oder nicht", sagte Peters. „Es ist wie verhext. Wellenbach hat unglaubliches Glück oder hat alles penibel geplant. Lassen sie uns gehen, hier werden wir nicht fündig."

15

Die Gäste saßen still am reichlich gedeckten Tisch und aßen betreten ihr Frühstück. Beatrice brach das Schweigen: „Es ist furchtbar, dass dieser zweite Mord begangen wurde. Ich selbst kann es nicht fassen und weiß nicht, wer so etwas Schreckliches verübt haben könnte. Ich kann auch leider nichts Aufmunterndes sagen." Alle saßen mit gesenkten Blicken da. „Die Polizei bat mich gestern Abend, euch mitzuteilen, dass ihr das Haus nicht verlassen dürft, bis die Morde aufgeklärt sind. Es tut mir leid, dass ihr hier noch länger bleiben müsst. Ich selbst würde lieber früher als später diesen Ort verlassen wollen." Beatrice verstummte. Sie ließ die Gruppe alleine und zog sich in ihr Büro zurück.

Karen sagte bitter: „Es ist ungerecht, dass Petra, die so unschuldig war, auf diese grausame Art und Weise sterben musste."

Martin nickte und verbesserte Karen: „Niemand hat es verdient, so zu sterben."

Karen entschuldigte sich: „Natürlich, niemand, du hast recht."

Maximilian meldete sich zu Wort: „Bei aller Trauer um Martha und Petra bin ich aber heilfroh, dass nun der Verdacht nicht mehr auf einem von uns ruht."

Die anderen blickten auf.

„Das ist doch so oder? Niemand von uns konnte Petra ermordet haben, also scheiden wir als Täter aus."

„Das ist richtig", stimmte Karen zu. „Daran hatte ich gar nicht gedacht." Ihre Stimme klang erleichtert. „Wisst ihr, wie furchtbar es war, diese Unsicherheit, nicht zu wissen, ob einer von uns vielleicht doch gelogen hat?"

Ole meinte leicht: „Das war es, Karen. Aber nun werden wir nicht mehr verdächtigt."

Martin beobachtete Ole nachdenklich. Für ihn war der Fall erledigt. Er hatte wieder diese Gelöstheit und diese kindliche Leichtigkeit. Laut sagte er: „Dann war es vielleicht doch jemand von außerhalb? Jemand, der auf den Schmuck abgesehen hatte? Und Petra, die Unglückliche, konnte etwas gesehen haben und musste deswegen sterben?"

„So wird's gewesen sein", meinte Maximilian.

Alle waren sich einig. Hoffnungsvoll sahen sich Ole, Maximilian und Karen an.

Nach dem Frühstück zogen sich alle in ihre Zimmer zurück. Martin setzte sich auf seinen Balkon. Er saß ganz stumm da. Seine Augen fixierten einen unbestimmten Punkt in der Ferne. Die Tics waren bis auf ein Minimum verschwunden. Sein Kopf arbeitete fieberhaft. Nun war ein zweiter Mord geschehen. Hätte man diesen verhindern können? Er ließ die ganze Woche vor seinem inneren Auge Revue passieren. Er dachte an Martha, wie sie dalag und wie das Zimmer arrangiert war. Irgendetwas stimmte nicht. Irgendetwas war falsch. „Es war genau anders herum, als die Polizei dachte", sagte er vor sich hin. Er sah entgeistert aus. Was hatte er noch genau gesagt? Was waren die genauen Worte? Martin stand unwillkürlich auf. Er flüsterte Wörter und Sätze vor sich hin. Immer wieder zwanghaft wiederholend. Es musste so sein. Martin starrte auf die untere Ecke des Balkons. Ja, so musste es gewesen sein!

Nach dem Mittagessen klopfte Martin an Beatrices Tür.

„Beatrice, könnte ich eventuell dein Telefon benutzen?"

„Aber natürlich, Martin. Ich lasse dich für einen Moment alleine."

Nach etwa zehn Minuten verließ Martin das Büro. Er lächelte leicht und machte einen ruhigen Eindruck. Gelöst ging er zu den anderen auf die Terrasse. Dort angekommen, setzte er sich auf einen Stuhl und betrachtete die anderen.

Weil es heute so warm und stickig war, kamen Beatrice, Jörg Ballhaus und Jonathan Mittensen, die sich zu ihrer wöchentlichen Besprechung trafen, ebenfalls auf die Terrasse und nahmen an einem der Tische Platz. Sie begannen über die Ereignisse der letzten Tage zu sprechen.

Ole fragte in die Runde, ob nicht einer mit ihm eine Partie Doppelkopf spielen würde. Er hatte die Karten bereits in der Hand. Karen und Maximilian bejahten und Martin kam als vierter Mann dazu.

Karen war als erste dran, auszuteilen. Jeder erhielt zehn Karten. Als erstes musste sichergestellt werden, dass niemand ein Solo spielte oder gar schmeißen konnte. Dies war nicht der Fall, also konnte es losgehen. Ole schmunzelte und kam heraus. Seine Augen blitzten auf. Er spielte ein Kreuz-Ass. Alle konnten diese Fehlfarbe bedienen und somit gehörte ihm der Stich. Dies war nicht weiter verwunderlich. Als er aber noch zwei weitere Asse besaß und er diese auch noch durchbrachte, vernahm er ein unterschwelliges, missmutiges Raunen der anderen. Er erhielt dafür unheimlich viele Punkte. Karen, Maximilian und Martin waren verwundert und schauten sich an. Musste doch ein anderer mit Ole zusammenspielen, aber keiner der drei freute sich über die gemachten Stiche. Da spielte Ole hintereinander die beiden Kreuzdamen aus und offenbarte sich. Er spielte eine Hochzeit und somit alleine gegen die anderen drei. Dies hatte er verheimlicht und so gewann er virtuos das Spiel. Seine Siegpunkte wurden verdreifacht und er setzte sich gleich zu Beginn an die Spitze der Tabelle.

„Das war gemein von dir, Ole", beklagte sich Karen. „Hättest du eine Hochzeit angesagt, dann hätte einer mit dir mitspielen und auch gewinnen können."

Ole erklärte: „Ja, aber mein Blatt war viel zu gut. Wer nicht wagt, der nicht gewinnt!"

„Ich hätte es auch so gemacht", verkündigte Maximilian seine Meinung. „Aber freu dich nicht zu früh, Ole, das Blatt kann sich noch wenden. Das war nur das erste Spiel."

Martin, der an der Reihe war auszuteilen, mischte sorgfältig die Karten. Beiläufig sagte er: „Ich habe mir heute sehr viele Gedanken gemacht."

Karen blickte ihn an: „Worüber denn, Martin?"

„Über die beiden Morde." Er schaute die drei anderen nicht an und sprach weiter: „Und ich bin zu einem Entschluss gekommen."

Ole fragte interessiert: „Was denn für ein Entschluss?"

„Ich habe eine Theorie aufgestellt und ich weiß nun, wer die beiden Morde verübt haben muss."

Karen hielt den Atem an. „Du weißt, wer Martha und Petra umbrachte?"

„Ja, ich weiß es." Er teilte die Karten aus.

Karen schaute ihn ungläubig an. „Ja, aber … wer ist es?"

Martin sagte bestimmt: „Das möchte ich zuerst mit der Polizei besprechen, Karen. Für morgen haben sich Herr Peters und Herr Römer angemeldet. Mit ihnen werde ich sprechen. Dann werdet ihr es auch erfahren."

„Ach, du bluffst doch nur. Du hast genauso wenig Ahnung wie wir anderen auch", wertete Maximilian Martins Aussage ab. „Du spielst dich nur auf."

Karen war sichtlich überrascht von Martins Andeutung, sagte aber nichts mehr dazu. Auch Ole schwieg. Dieses Thema wurde überhaupt nicht mehr besprochen. Im Verlauf des Spieles behielt Ole die Oberhand. Als sie kurz vor halb vier aufhörten zu spielen, hatte er einen enorm großen Abstand zum zweitplatzierten Maximilian.

Jörg Ballhaus und Jonathan Mittensen verabschiedeten sich von Beatrice herzlich. Gemeinsam hatten sie die kommenden Angebote Touren und Kurse geplant. Trotz der schlimmen Ereignisse hatten sie Pläne für die kommenden Wochen und Monate erstellt. Beatrice machte sich nun auf, alles für ihren heutigen Kunstkurs zu richten. Hierfür hatte sie sich etwas ganz Besonderes ausgedacht. Die Gäste sollten mit der Technik der Decollage Selfies erstellen. Dafür hatte sie im Vorfeld alle Beteiligten fotografiert und die entwickelten Bilder auf DIN A 3 Größe kopiert. Die Kopien wurden mit großen Zeitungsseiten überklebt. Die Clou war nun, das eigene Gesicht durch einreißen der Zeitungsschicht Stück für Stück wieder sichtbar werden zu lassen. Aber nur so viel und nur das, was vom Künstler beabsichtigt wurde. Durch das Zusammenspiel von Zeitungstexten, Bildern und den darunter liegenden gewählten Ausschnitten der eigenen Gesichter, ergaben sich interessante Kunstwerke. Jeder hatte eine andere Gesichtspartie ausgewählt und so waren die Gesichter entfremdet und vertraut zugleich. Bewundernd standen alle am Ende des Kurses zusammen und betrachteten die Bilder. Sie hatten in diesen Tagen einige unterschiedliche Techniken kennen gelernt und mit unterschiedlichsten Materialien gearbeitet.

Zwischen Kunstkurs und Abendessen verbrachte Martin die Zeit mit Beatrice. Er hatte bisher wenig Möglichkeit gehabt, mit ihr ins Gespräch zu kommen und fand es schön, sich nun eine gewisse Zeit mit ihr unterhalten zu können. Sie war eine interessante Frau, die sich mit diesem Retreat-Center ihren Lebenstraum verwirklichte. Das bewunderte er. Und sehr glücklich war er, als er hörte, dass Beatrice und Jörg Ballhaus eine Verbindung eingegangen waren. Sie wollten es zunächst geheim halten und er war der erste, der davon erfuhr.

Nach dem Abendessen saßen alle Gäste zusammen im Aufenthaltsraum wie jeden Abend und tranken Rotwein. Es wurde nicht viel geredet. Martin las in seinem Buch, Maximilian und Ole unterhielten sich leise und Karen blätterte in einem Magazin. Zwischendurch kam Beatrice herein und fragte, ob alles in Ordnung sei oder der eine oder andere einen Wunsch hätte. Gegen 23 Uhr verabschiedete sich Martin und zog sich in sein Zimmer zurück. Die übrigen Gäste folgten ihm wenige Minuten danach. Ruhe kehrte ein und die Stille der Nacht lag über dem Haus.

Martin ruhte in seinem Bett. Er war nicht müde, aber schloss die Augen und versuchte zu schlafen. Der Mond schien durch das Fenster und tauchte das Zimmer in einen grauweißen Schleier. Leise hörte er seine Armbanduhr ticken. Er drehte sich mehrmals unruhig um, bis er auf dem Rücken liegend Ruhe fand.

Gegen Mitternacht wurde die Türklinke langsam herunter gedrückt. Ganz leise und fast unbemerkbar öffnete sich die Türe von Martins Zimmer. Eine Gestalt stand in der Tür. Ganz langsam und lautlos schlich sie in Richtung Martins Bett. Die Person hatte ein großes Kopfkissen in der Hand. Mit einer schnellen Bewegung drückte sie das Kissen auf Martins Gesicht. Martin begann heftig zu zucken. Sie drückte mit aller Kraft dagegen an. Plötzlich leuchteten Taschenlampen auf und zwei paar Hände ergriffen die Person und drückten diese zu Boden. Ein lauter Schrei ertönte. Martin rang nach Luft.

„Alles in Ordnung?", fragte Peters. Martin nickte.

Die Person lag mit dem Gesicht nach unten auf dem Boden und atmete schwer. Sie wurde von den beiden Polizisten umgedreht und angestrahlt. Man sah in das entstellte Gesicht von Ole Roggenstern.

Die Lichter im Retreat-Center gingen an. Beatrice, die vom Schrei aufgewacht war, lief in den ersten Stock. Auch Karen und Maximilian kamen auf den Flur hinaus. Sie wussten nicht, was geschehen war. Peters trat mit Martin aus dessen Zimmer. Ihnen folgten die beiden Polizisten mit Ole, dessen Hände mit Handschellen fixiert waren. Er senkte den Kopf und weinte bitterlich.

„Ole?", hörte man Karen. „Das kann doch nicht wahr sein!"

„Es tut mir leid. Es tut mir leid", flüsterte Ole mit erstickter Stimme, der sich nicht traute, seinen Blick zu heben. Mehr konnte er nicht sagen. Er zeigte keine Gegenwehr und ließ sich gebrochen aus dem Haus abführen.

Martin nickte ihr zu und bestätigte: „Es war Ole."

„Aber wie konnte das sein?" Sie war verängstigt und unsicher.

Peters sprach: „Kommen Sie mit nach unten. Vielleicht wird uns Herr Fennberg erzählen, wie er Herrn Roggenstern auf die Spur gekommen ist." Er lächelte Martin anerkennend und selbstlos zu.

Dieser machte eine freudige Geste und ging allen voran die Treppe hinunter.

Unten angekommen, nahmen Karen, Maximilian und Beatrice auf der Couch Platz. Peters, Römer und Martin saßen mit Stühlen um den Couchtisch herum.

„Erzählen Sie uns, Herr Fennberg", begann Peters aufmunternd, „wie haben sie herausgefunden, dass es Ole Roggenstern gewesen war?"

Martin schaute sich verlegen um, war es ihm zuerst etwas peinlich, vor allen hier seine eigenen Theorien auszubreiten. Langsam begann er: „Eigentlich habe ich es meinem Tourette zu verdanken, dass ich es herausgefunden habe. Ich musste zwanghaft immer wieder über die gleichen Worte nachdenken. Wie eine Gedankenschleife, die nie enden wollte, kamen mir immer wieder die gleichen Bilder in den Sinn." Die andern schauten ihn fragend an. Er fuhr fort: „Also, als wir Martha gefunden hatten, prägte ich mir das Zimmer mit allen Einzelheiten genau ein. Den Stuhl, die Koffer, die Schublade, die durchwühlten Gegenstände und Martha selbst. Ja, und dann waren da dieses Aufnahmegerät mit den beiden Lautsprechern auf dem Schreibtisch und die aufgeschlagenen Noten. Ich wusste, dass mich irgendetwas dabei störte. Irgendetwas stimmte nicht." Er schüttelte nachdenklich den Kopf, tippte mit dem Zeigefinger auf seine Lippe und machte eine lange Pause. „Zuerst ging ich davon aus, dass sich Martha wie am Vortag beim Üben aufgenommen hatte. Aber ich war damit nicht zufrieden. Dann später, nachdem im Zimmer von Petra Marthas und Karens Schmuck und die Wertsachen sichergestellt wurden, machte Maximilian eine interessante Bemerkung. Er sagte: `Es war genau anders herum, als die Polizei gesagt hatte´. Er meinte damit, dass nicht Petra den Diebstahl verübt hatte, wie die Polizei anfangs glaubte, sondern dass es sich genau anders herum verhielt, nämlich, dass es ihr der Dieb in die Schuhe schieben wollte. Und dann kam es mir plötzlich in den Sinn. Was, wenn es bei dem Gesang auch gerade anders herum gewesen wäre, als angenommen? Was, wenn sich Martha nicht aufgenommen hätte, während sie live sang, sondern wenn ihre Stimme nur abgespielt worden wäre?" Dabei schaute er fragend in die Runde. „Wir glaubten alle, Martha singen zu hören. Vielleicht war es aber nur die Aufnahme vom Vortag?" Er atmete tief. „Ich erinnere mich genau, ihre Stimme klang verändert und nicht so frisch. Ich sagte zu Ole etwas, wie: `Sie klingt heute etwas matt´. Angenommen also, wir hörten nicht Martha live singen, sondern nur die Aufnahme vom Vortag, so würde das die Sachlage und vor allem die Alibis entscheidend verändern oder etwa nicht?" Er blickte fragend Peters an. Dieser bestätigte Martins

Aussage. Martin fuhr fort: „Dann hätte Martha schon vor oder während dem Singen tot sein können."

Peters warf ein: „Der Amtsarzt setzte den Todeszeitpunkt zwischen halb drei und drei Uhr fest. Nur weil sie sang, verschoben wir ihn auf kurz nach drei."

„Nun, dann hätte Ole tatsächlich auch die Möglichkeit gehabt, den Mord verübt haben zu können, nicht nur die anderen Verdächtigen. Er hätte um kurz nach halb drei vor dem Singen in ihr Zimmer gehen und sie erschlagen können. Anschließend hätte er die Aufnahme starten und zu mir auf die Terrasse kommen können." Er stoppte für einen kurzen Augenblick seine Ausführungen. „Ich verfolgte weiter meine Theorie. Wenn es so war, dass ihre Stimme manipuliert worden war, dann musste der Mord genau geplant worden sein. Nichts war dem Zufall überlassen. Nichts geschah im Affekt, wie angenommen. Die ganze Geschichte mit dem Raubmord war nur inszeniert. Er und der entwendete Schmuck sollten die Polizei vom tatsächlichen Täter ablenken. Aber wie war das mit dem Motiv? Ole hatte kein Motiv, es gab keine Verbindung zu Martha. Ich muss gestehen, dass ich dann diese Theorie zunächst wieder verwarf. Aber dann erinnerte ich mich wieder an etwas, was mir Ole erzählte. Er selbst gab mir den entscheidenden

Hinweis. Wir unterhielten uns über seine Freundin Chrissi. Die Liebe seines Lebens, wie er sagte. Er erzählte mir eine Geschichte von einem Auffahrunfall. Chrissi sei nach einem Autounfall sehr besorgt gewesen. Er erzählte, dass sie sich dann ihre Liebe gestanden hatten, indem sie sagte: `Ich liebe dich´ und er wörtlich antwortete: `Ich liebe dich auch, Chris´.“ Er blickte erwartungsvoll in die Runde, doch sah er nur Unverständnis. „Mag sein, dass es euch nicht merkwürdig vorkommt. Mir ist es sofort aufgefallen. Er sprach von seiner Freundin immer als *Chrissi*. Aber dann, als es um die aufrichtige Liebe ging, versprach er sich und nannte sie: *Chris*. Wir alle wissen, dass *Chris* die Abkürzung für Christine oder Christiane sein *könnte*, so wie er sagte, aber dass *Chris* oftmals oder sogar meistens als männliche Abkürzung von Christian oder Christoph benutzt wird.“

Karen öffnete langsam ihren Mund.

„Ja, da staunte ich auch. Was wäre, wenn dieser Versprecher ein Freud´scher Versprecher gewesen wäre und Ole in Wirklichkeit nicht Chrissi sondern einen Chris liebte? Ich nahm meine Theorie wieder auf, als ich hörte, wie der Ehemann von Martha Lindeau hieß: *Christoph Wellenbach*. Als wir dann hörten, dass Christoph Wellenbach ein Motiv gehabt hatte, jedoch nicht die Möglichkeit, wurde meine Theorie konkreter.

Vielleicht hatte Ole Martha umgebracht, weil er ihn liebte und für sich haben wollte und weil Christoph dadurch zu einer beträchtlichen Geldsumme gekommen wäre, wie mir Herr Peters heute Nachmittag bestätigte. So musste es gewesen sein. Oles große Liebe des Lebens war Christoph Wellenbach."

„Sie machten gemeinsame Sache, hielten ihre Liebe geheim und achteten darauf, dass ihnen niemand eine Verbindung nachweisen konnte", vervollständigte Peters. „Wir konnten ihnen nichts nachweisen. Aber möglich war das allemal, denn Christoph Wellenbach hatte laut seiner Schwester in seiner Ehe genügend Freiräume dafür."

„Ich hatte für meine Theorie aber keine Beweise. Es waren nur fixe Ideen. Leider musste erst der zweite Mord geschehen, bevor ich sicher sein konnte. Arme Petra. Christoph hatte als einziger die Möglichkeit gehabt, Petra umzubringen. Ole hatte ein Alibi. Es *musste* also Christoph der Mörder sein."

„Aber wieso musste Petra sterben?", fragte Maximilian.

„Ich mutmaße, dass sie die Verbindung von Ole und Christoph entdeckt hatte. Ich denke, dass sich Ole und Christoph nachts heimlich trafen. Vielleicht hat sie die beiden dabei beobachtet. Erinnert euch, am nächsten

Morgen war sie verändert und wollte über eine bestimmte Sache nachdenken. Um nicht entlarvt zu werden, musste Petra sterben. Es blieb Ole und Christoph keine andere Wahl."

„Dafür gibt es aber keine Beweise", erklärte Peters.

„Noch nicht", sagte Martin, „Aber wenn wir Recht behalten, dann wird Christoph Wellenbach heute Nacht wieder hier her kommen und Ole treffen wollen. Die Polizei lässt ihn auf mein Anraten hin beschatten und hier auf dem Gelände stehen einige Polizisten bereit, um ihn zu empfangen. Wenn er kommt, dann ist das der fehlende Beweis."

Peters nickte bestätigend.

„Ich weihte heute Herrn Peters am Telefon in meine Theorien ein und stellte in Absprache mit ihm Ole eine Falle. Ich sagte euch allen heute Nachmittag, dass ich wüsste, wer der Mörder sei und dass ich morgen mit der Polizei sprechen würde. Die Falle war damit gelegt und Ole musste reagieren. Ich achtete darauf, dass ich ab diesem Zeitpunkt immer in Gesellschaft war und Ole erst nachts würde zuschlagen können. Ich ließ die Polizei still und unbemerkt in mein Zimmer. Und dann geschah es tatsächlich. Ole kam und versuchte mich umzubringen. Das war der sichere Beweis. Ich denke, dass Ole den Mord an Martha gestehen wird, sobald die Polizei Christoph Wellenbach überführen konnte."

Martin verstummte. Peters bedankte sich für seine Ausführungen. War es ihm doch eine Freude, ihm zuzuhören. Er sagte: „Sie haben den Fall gelöst, das muss ich anerkennend und ohne Neid zugeben. Wir waren mit Christoph Wellenbach ebenso auf der richtigen Fährte, jedoch konnten wir zu Ole Roggenstern keine Verbindung herstellen. Bravo!"

Martin errötete. Als alle Anspannung abgefallen war, fiepte er zum Abschluss ganz laut und blickte über seine linke Schulter.

Die Gäste sollten nun alle wieder in ihre Zimmer gehen und die Lichter löschen. Würde Christoph Wellenbach kommen, um seinen Geliebten zu treffen? Ruhe kehrte wieder ein. Der Mond schien hell und beleuchtete das Anwesen. Die Stunden vergingen. Nachts um drei Uhr gab es dann plötzlich einen lauten Tumult. Stimmen riefen und es raschelte im Gebüsch: „Haltet ihn! Er läuft in Richtung Straße! Schneller!" Dann kamen nach einigen Minuten der Aufregung ein Dutzend Polizisten mit einem in Handschellen gelegten Mann. Martin hatte Recht gehabt. Es war Christoph Wellenbach.

17

Als am nächsten Mittag die Koffer gepackt waren, standen alle noch einmal im Aufenthaltsraum zusammen. Maximilian und Karen machten einen gelösten Eindruck. Waren doch die beiden Morde dank Martin aufgeklärt worden.

„Martin, ich danke dir herzlich", sagte Karen. „Ich hatte solche Angst. Ich wusste nicht mehr, wem ich vertrauen konnte und wem nicht. Ich hoffe, dass ich nie mehr wieder in so eine Situation kommen werde."

„Das hoffe ich auch", bestätigte Martin.

„Das Leben kann viel zu schnell vorüber sein. Das habe ich gelernt. Ich werde von nun an intensiv jeden einzelnen Augenblick meines Lebens genießen. Und ich freue mich, bald wieder meine geliebte Familie sehen zu können."

Martin umarmte Karen freundschaftlich.

„Ich werde diese Woche nicht mehr vergessen und als besondere Erfahrung bewahren."

„Wir alle werden diese Woche nicht mehr vergessen", sagte Maximilian. „Auch ich bin froh, endlich abreisen zu können. Es hätte jeden treffen können, nicht? Wenn Martin nicht gewesen wäre, wer weiß, vielleicht hätte die Polizei dann einen von uns verhaftet." Er schlug Martin kameradschaftlich auf die Schulter.

Martin wusste darauf nichts zu sagen. Er war sehr stolz darauf, aber peinlich berührt zugleich.

Nachdem sich Karen und Maximilian bei allen verabschiedet hatten und weggefahren waren blieben Beatrice, Jörg und Martin im Türeingang stehen. Martin sah Beatrice in die Augen. „Ich danke dir für deine Gastfreundschaft und deine Bemühungen. Trotz der schlimmen Dinge, die passierten, hast du stets versucht, alles zu unternehmen, um uns zu unterstützen und die Woche so angenehm wie möglich zu gestalten. Du warst Vermittler und ruhender Pol."

„Es war nicht einfach für mich", gestand Beatrice. „Ich hatte meine eigenen Nöte und Sorgen. Aber ich sah es als meine Pflicht an, Ruhe zu bewahren und euch meine Ängste nicht zu zeigen. Ich weiß nicht, wie es mit meinem Retreat-Center weitergehen soll. Meine Existenz ist bedroht."

Martin blickte Beatrice an. „Umso mehr freue ich mich, dass du dich nun nicht mehr alleine darum kümmern musst." Er schaute zu Jörg und lächelte sanft.

Beatrice nickte und nahm Jörgs Hand. „Jörg bedeutet mir viel. Ich bin sehr glücklich."

Zum Abschluss schlug Martin vor: „Es wäre schön, weiterhin mit euch in Kontakt zu bleiben, wenn ihr möchtet. Ich denke, diese Woche hat uns alle ein Stückchen näher zusammengebracht."

Beatrice bejahte und freute sich sehr über Martins freundschaftliches Angebot.

Als Martin wieder in seinem Auto saß und Richtung Karlsruhe fuhr, überlegte er sich, wie schlimm es war, was sie diese Woche durchlebt hatten. Welche Abgründe mussten sie sehen. Welche niedrigen Beweggründe gab es, Menschen derart handeln zu lassen? Er dachte an das blind verliebte Paar Ole und Christoph und fragte sich, was sie dazu brachte, solch einen grausamen Plan zu schmieden? Liebe, Eifersucht und Gier waren wohl die entscheidenden Triebfedern und waren wichtiger als zwei Menschenleben. Wie glücklich ist derjenige, der in sich ruht, der zufrieden ist, mit dem was er hat, dachte er weiter. Und wie wichtig ist es, das Schöne und Gute im Leben zu genießen, wie Karen zum Abschluss gesagt hatte. Martha hatte es im Grunde sehr richtig gemacht. Sie hatte das schöne Leben genossen und hatte eine positive Einstellung gehabt. Martin nahm sich vor, ein bisschen von Marthas Energie in sein eigenes Leben fließen zu lassen. So hatte er trotz allem etwas Positives aus der Woche gewonnen.

Nachdenklich und mit gemischten Gefühlen steuerte er seinen Corsa durch die engen Kurven. Ab und zu fiepte er und schaute über seine linke Schulter.

Stumme Gier

Der Fotograf Martin Fennberg kann es kaum glauben. Am Nachmittag betritt ein blasser, vor Schmerzen gebeugter Mann das Studio, in dem er arbeitet. Innerhalb weniger Momente stirbt der Unbekannte vor seinen Augen. Martin ist zunächst geschockt. Nachdem er sich wieder gefasst hat, untersucht er den Fremden und findet einen vielsagenden Zeitungsausschnitt in dessen Hosentasche. Er entschließt sich, auf eigene Faust etwas über diesen Fremden und dessen Schicksal heraus zu bekommen.

Doppelte Fährte

Martin wollte in Heidelberg eigentlich nur seine Weihnachtseinkäufe tätigen, als er von einem jungen Paar angesprochen wird, das ihn zu einem Preisausschreiben überredet. Überrumpelt nimmt er teil und hat Glück: 350 Euro würde er ausgezahlt bekommen! Voraussetzung wäre allerdings, ein nahegelegenes Hotel zu besichtigen. Dort würde er den Preis erhalten. Ehe er es sich versieht, sitzt er in dem Taxi. Ihm wird angst und bange. Sein ungutes Gefühl trügt ihn nicht. Es geschieht dort ein mysteriöser Unfall.

Dramatischer Tod

Martin und Veronika genießen einen anspruchsvollen und unterhaltsamen Premierenabend im Bruchsaler Amateurtheater *Die Muschel*. Anschließend werden beide von einem befreundeten Schauspieler zur Premierenfeier eingeladen. Ausgelassen wird die erfolgreiche Aufführung gefeiert. Doch dann, spät am Abend, wird der Hauptdarsteller erstochen aufgefunden.

Faules Ei

Martin und Veronika sitzen bei Pfarrer Rebler, um die letzten Einzelheiten ihrer Hochzeit zu besprechen, als sie vom Tod eines Mannes erfahren, der unter mysteriösen Umständen aus dem Fenster seiner Wohnung gefallen ist. Bei dessen Beerdigung am Morgen ist laut Pfarrer Reblers Schilderung nur eine Person anwesend gewesen, die um ihn trauerte, was Martin sehr ungewöhnlich und erschreckend findet. Seine Neugier ist geweckt. Er möchte mehr über diesen Menschen und dessen einsames Schicksal erfahren. Nachdem Martin eine rätselhafte Entdeckung macht, ist er sich sicher: Es muss Mord gewesen sein!